KB082133

책읽기의 달인

호모부커스

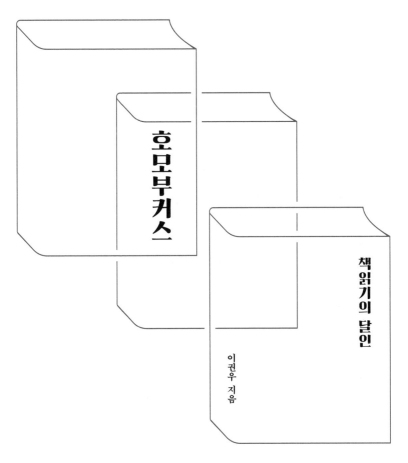

호모부커스

책 읽기의 달인

이권우 지음

odos

망설였습니다. 굳이 고치고 덧붙여 새로 펴내는 일을 두고 말입니다. 2008년 책을 내고 독자한테 받았던 과분한 사랑을 잊을 수 없습니다. 하지만, 세월이 흐르면서 인용한 자료가 적절하지 못한 것도 있고, 유사한 책이 이미 넘쳐나고 있는지라 가만히 있으면 저절로 잊혀지리라 생각했습니다. 그래서 굳이 손보아 다시 내는 일을 꺼렸습니다.

그러다 인연이 닿아 다시 내기로 마음먹었습니다. 제자인 김하늘, 최현선 부부가 함께하는 오도스출판사에서 개정판을 내주겠다 하더군요. 문장을 가다듬고 논리의 결을 세우고 적절하지 않은 건 빼고, 필요한 것은 덧붙여 보기로 했습니다. 그동안 받았던 사랑을 계속 받을지를 미리 걱정할 필요는 없다고 여기기로 했습니다. 저자의 바람과는 관계없는, 독자의 판단에 맡길 영역이니까요.

다시 읽으니 낯이 뜨거워졌습니다. 치기 어린 대목도 나오고 목청만 높았던 구절도 있었습니다. 답답하고 안타깝고 아쉬운 마음에 그리했겠지만, 진작 고쳤더라면 더 좋았겠구나 싶었습니다. 덜어내고 채우고 메우면서 책 읽기에 관한 소신을 다시 다질 수 있었던 것은 저자로서 큰 행운이었습니다. 그런데 새삼 이 책이 아직 유효하다는 사실을 깨닫는 것만큼 속상한 일은 없더군요. 오랫동안, 많은 사람이 책 읽는 사회를 세워보려 노력했지만, 현실에 나타난 결과는 기대에 못 미치고 말았습니다. 여러 지표는 참담할 정도로 우리 사회가 책 읽기에서 멀어지고 있다고 경고합니다. 그러니, 여전히 책읽기의 가치를 옹호하는 목소리가 필요한 셈입니다.

이제, 다시 책을 왜 읽어야 하는지 그리고 어떻게 읽어야 하는지, 나아가 읽지만 말고 써야 하는 까닭은 무엇인지 함께 고민해보았으면 합니다. 무한경쟁의 사회에서 더불어 사는 공동체로 바뀌려면 그 길밖에 없다는 게 저의 소신이기도 합니다. 아마도 저와 뜻을 같이하는 분이 많으리라 믿으며, 낱낱의 소망이 모여 다시 우리 사회에 책읽기의 바람이 불기를 희망해봅니다.

『책읽기의 달인 호모 부커스』라는 제목은 고미숙 선생의 『공부의 달인 호모 쿵푸스』에 나온 "독서는 결코 선택이나 취미가 아니라 필수며, 특히 고전 읽기를 하지 않는다면 그 공부는 말짱 도루묵이다. 그러므로 뭔가 다르게 살고 싶다면, 가장 먼저 자신이 '호모 부커스'(책 읽는 존재)임을 환기해야 하리라"라는 구절에서 따왔습니다. 초판을 내준 그린비 출판사와 더불어 고미숙 선생께 감사드립니다.

저자로서 누리는 가장 큰 행운은 누구나 인정하는 단 한 권의 대표작이 있다는 겁니다. 그동안 서평집, 독서론, 글쓰기 관련 책을 꾸준히 펴냈고 두루 사랑받았지만 『책읽기의 달인 호모 부커스』야말로 저의 대표작입니다. 이 영광을 주신 독자께 고개 숙여 존경과 사랑의 인사를 올립니다.

2022년 4월
이권우

책읽기를 업으로 삼은 사람으로 언젠가 꼭 내고 싶은 책이 있었습니다. 책을 왜 읽어야 하는지, 그리고 어떻게 읽어야 하는지를 일러 주는 책이었습니다. 다른 나라 사람들이 쓴 유사한 책이 널리 읽히고 여러 사람의 입에 오르내릴 적에 마음이 상했더랍니다. 왜 우리는 해내지 못하고 굳이 남의 것을 빌려 와야 하나 하고 말입니다.

짬을 내서 관련 도서를 읽고, 기회 있을 적마다 글을 쓰고, 강연할 때마다 가능하면 이른바 독서법을 주제로 삼았습니다. 서두르지 않고 천천히 준비하려 했습니다. 굳이 시간적인 여유를 둔 것은, 지나치게 이론 중심의 글을 쓰고 싶지 않아서였습니다. 저의 경험을 바탕으로 하되, 여러 곳에서 만난 분의 궁금증을 덧붙여 내용을 꾸미고 싶었습니다. 당연히, 시간이야 오래 걸리겠지만, 그만큼 살아 있고 설득력 있는 책이 되기를 바랐던 것입니다.

어떤 면에서 우리는 참으로 한심한 세월을 보내고 있는지도 모릅니다. 책을 읽어 교양과 지식을 쌓자는 당연한 말을 목에 핏대를 올리며 해야 하는 시절이기에 그러합니다. 더 안타까운 것은, 그리하여도 사회의 반응은 무척 냉담하여 책 읽는 사회를 만들기에 역부족이라는 현실입니다. 이런 상황을 확인할 때마다 도대체 우리는 무엇에 미쳐 있어 이러는가 하는 회의감이 들었습니다.

아마 당장 효과를 보아야 투자할 수 있다고 여기는 마음이 시대정신으로 자리 잡은 모양입니다. 은행에 저축하는 것보다는 증권에 투자하는 것을 더 높이 치는 것과 같습니다. 영어책은 늘 들고 다니면서 교양 도서는 멀리하는 현실과 너무나 닮았습니다. 저는 이런 상황을 지켜보며 두려웠습니다. 기반도 단단히 다지지 않고 높은 건물을 짓는 듯한 환각이 들어서였습니다.

평론가라 하면, 책의 가치를 객관적으로 평가하고 이를 널리 알리는 일로 충분합니다. 제가 어쭙잖게 독서교육이나 도서관운동에 한발 들여놓을 수밖에 없었던 것은, 이러다가는 우리 공동체가 벼랑 끝으로 몰릴지도 모른다는 두려움 때문이었습니다. 교양과 지식의 가치가 너무 무시당하고 있다 여긴 것입니다. 지나간 것에서 배우려 하지 않았고, 앞날을 위해 무엇을 해야 하는지 고민하지 않았습니다. 오로지 질주만 하려 했습니다. 제동 걸려는 사람은 타박했고, 더 나은 가치를 말하려는 사람에게는 재갈을 물렸습니다. 그러니, 저 같은 게으름뱅이마저 나설 수밖에 없었습니다.

그리하여 저는 이번 책을 쓰며 특별히 새로운 세대와 대화를 나누고 싶다는 욕심을 표나게 내세웠습니다. 책읽기가 한물간 것이 아니라 왜 오늘 더 가치 있는 일이 되었는지 말해 주고 싶었습니다. 그래서 책읽기에 대한 오래된 생각에 머물지 않고 한발 더 나아가려 했습니다. 가능하면 낯설게 말해서 새롭게 바라보도록 하고 싶었고, 가능하면 다르게 이야기해서 정서적으로 동의를 구하려 했습니다. 그러지 않고서는 새로운 세대를 설득할 수 없으리라 여긴 것입니다.

더불어, 저는 이번 책에서 누구나 다 책읽기의 달인이 될 수 있다 말하고 싶었습니다. 특별하고 타고난 사람만 달인이 되는 것은 아닙니다. 누구든 꾸준히 해나가면 한 분야의 달인이 되는 법입니다. 책읽기라 해서 다를 게 없습니다. 하다 말거나 아예 하지 않아서 달인이 되지 못할 뿐입니다. 하다 보면 어렵고 힘들 때가 있는데, 이 고비를 잘 넘기고 계속해 나가면 됩니다. 책읽기에는 고비가 자주 있습니다. 어려워서 포기하고 싶은 때도 있고, 재미없어서 그만두고 싶은 때도 있고, 도무지 시간이 나지 않아서 지레 포기할 수도 있습니다. 그러나 책을 가까이 두고 늘 읽으려 애쓰면 누구나 달인이 될 수 있습니다.

부끄럽게도 제 자신의 독서이력을 밝힌 이유가 여기에 있습니다. 예상하는 것과 달리, 어린 시절 저의 독서풍경은 빈약하기 짝이 없었습니다. 물론, 일반적인 경우보다야 많이 읽었다 할 수 있겠지만, 또래의 작가들에 비하면 그리 내세울 만하지 못합니다. 그런데 지난 80년대 세상을 바꿀 참된 것을 갈구하는 심정으로 청년 시절을 보내며 큰 변화를 겪었습니다. 책에서 길을 찾았고, 그 길을 내달리려 애쓴 것입니다. 이후로 저의 삶은 확연히 달라졌고, 책벌레라는 말을 들을 자격을 얻게 되었습니다. 너무 늦었다고 포기하시렵니까? 저도 늦게 시작했답니다.

이 책은 달인이 되는 지름길을 말해 주지는 못합니다. 제가 책 읽기의 달인이 되는 왕도를 몰라서 그렇습니다. 하지만, 달인이 되는 작은 길은 열어 놓으려 애썼습니다. 이 길을 편안한 마음으로 걸어 보십시오. 땅이 패어 있고 가끔 끊어지기도 하고 자갈도 여전히 널려 있지만, 한번 가고 나면 스스로 달인이 되는 법을 깨우칠 수 있으리라 믿습니다.

참으로 오랜 세월 책을 읽으며 살아왔습니다. 간혹 이 정도면 '한소식'해야 하는 것이 아닌가 싶어 모자란 자신을 채찍질하기도 했습니다. 해도 해도 끝이 안 보이는 듯싶어 절망하기도 했습니다. 그럴 때마다 위안이 되고 격려가 된 것은 역설적이게도 책이었습니다. 너무 조급해서 안달하지 말고 느긋하게 천천히 가라고 일러 주었습니다. 잘났다 뽐내지 말고 늘 배우는 자세로 살아가라 귀띔해 준 것도 책이었습니다. 참된 사람이 되는 길이 무엇인지 희미하게나마 보여 주었던 것입니다.

한동안 책만 읽는 자신을 어리석다 여겼습니다. 강을 건넜으면 나룻배를 버려야 하거늘, 아직도 머리 위에 이고 뛰어다니는 것이 아닌가 싶었습니다. 이제 세상에 이 책을 내놓으며 스스로 자랑스럽게 여깁니다. 그러지 않았다면 결코 쓸 수 없었을 책을 잉태했으니 대견하다 싶은 것입니다. 교만이라 여기지 마시고 넉넉한 마음으로 거두어 주시길 바랄 뿐입니다. 당신이 책벌레라면 언젠가 반드시 쓸 책을 제가 먼저 펴낼 뿐이니 말입니다.

이제 더는 책읽기의 가치를 목청 높여 말하지 않는 시대가 왔으면 좋겠습니다. 너무나 당연한 것을 당연하다 말하는 것도 힘들고, 당연한 것이 현실이 되지 않으면 상처받는 사람들이 많아지게 마련입니다. 세상이 변하면 변할수록, 장담하건대, 책읽기의 가치는 더 높아질 것이며, 책 읽는 사람이 세상의 주인 될 가능성이 커질 게 분명합니다.

우리가 모두 책읽기의 달인이 되면 두루 좋은 세상이 올까요? 함부로 말할 수는 없지만, 지금보다는 나은 세상이 펼쳐지리라 기대합니다. 책과 벗하며 살아가는 이들과 함께 그날이 오기를 기다려 봅니다.

2008년 8월
이권우

차례

1장
왜 읽어야 하는가

2장
어떻게 읽어야 하는가

3장
어떻게 골라야 하는가

4장
이제 쓰자

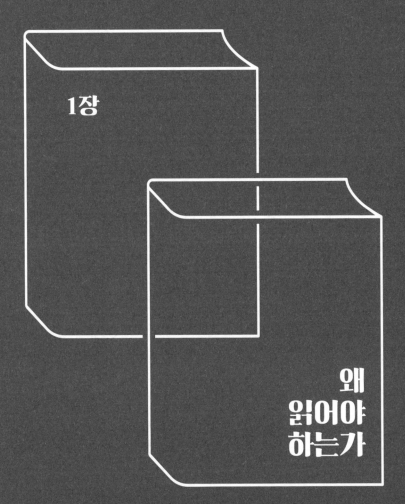

1장

왜
읽어야
하는가

책은 추한 나를 비추어주고, 그것을 이겨
내도록 자극합니다. 반성하게 하고 참회
하게 하고 새로운 꿈을 꾸게 해줍니다. 그
리하여 마침내 참된 인간의 경지까지 우
리를 이끌고 갑니다. 지금 당장 목돈이 되
는 것은 아니지만, 꾸준히 성실하게 모아
놓으면 언젠가 큰 힘이 되는 법입니다. 읽
자마자 어떤 효과가 나타나는 것은 아니
나, 그것이 온축되면 절로 큰 힘을 발휘하
게 마련입니다. 그 힘이란, 세속적인 의미
의 성공을 뒷받침하는 실력으로 나타나기
도 하나, 그것보다 더 큰 가치를 지닌 삶
의 지혜로 드러나기도 합니다.

책읽기와
공자되기

二

옛날 옛날 한 옛날에 태어날 적부터 머리가 짱구인지라 '구(丘)' 라는 이름이 붙은 공자라는 사람이 살았다. 이 사람, 따지고 보면 서양의 소크라테스와 비슷한 점이 많다(자세하고 복잡한 이야기는 풍우란이 쓴 『중국철학사』[박성규 옮김, 까치, 1999]에 나오니 꼭 읽어보시라. 책에 이미 나와 있는 것을 굳이 말로 하자면 입만 아플 뿐). 사마천이 『사기』에 공자에 관한 글을 쓰기 전까지 중국 사람은 그이를 신으로 떠받들었고, 중국뿐만 아니라 한국, 일본에서도 근대 이전까지 그이의 철학을 바탕으로 나라를 경영할 정도였으니, 그 사람이 대단하기는 대단한 사람임에 분명하다. 이런, 말을 꺼내다 보니다 아는 이야기를 하고 말았다. 말꼬리를 다른 데로 돌려보자.

그 유명한 공자가 지금으로 치자면 재벌의 자식으로 태어나 서울의 강남에 살며 유명 학원에다 족집게 강사의 강의를 들어가며 누구나 들어가고파 하는 대학교의 철학과를 나왔나 하면, 그렇지 않다. 이 양반 출생에는 무언가 석연치 않은 바가 있다. 아버지는 숙량흘로, 오늘로 말하면 읍장 정도를 지낸 무관이었다. 전쟁에서 용맹을 떨친 후 개선해 공자의 어머니 안징재를 처로 맞이했다. 그런데 숙량흘에게는 전처가 있었고, 다리가 불편한 아들도 있었다. 아마도 장애아를 아들로 둔 한을 풀기 위해 아내를 하나 더 둔 모양이다(장애아에 대한 편견은 옛날 사람 이야기니 너그럽게 이해해주기로 하자). 어쨌든 처자식이 있는 사람이 처녀와 또 결혼하니 동네 사람 입방아에 오른 모양이라, 공자가 태어났을 때 "야합하여 공자를 낳았다"는 소문이 났을 정도였다. 공자의 불행은 이때 이미 예고된지도 모른다. 그이가 세 살 때 아버지가 돌아가셨다. 예나 지금이나 가장이 죽으면 집안은 풍비박산 나게 마련이다. 오죽하면 사마천이 기록하기를 "공자는 가난하고 천하였다"고 했겠는가.

열일곱 살 되던 해 어머니마저 돌아가셨다. 이때 공자는 무척 난처한 상황에 놓이게 되었다. 당시의 풍습으로는 부부를 합장해야 했는데, 살아생전 어머니가 아버지의 무덤을 일러주지 않았던 것이다. 아무래도 정상적인 혼인 관계는 아니었던 모양이다. 궁하면 통한다고 공자가 꾀를 냈다. 세상 사람의 이목을 끌려고 시신이 든 관을 오보거리에 놓아두었다. 오늘로 치면, 서울의 강남 사거리에 어머니 관을 놓고 '1인 시위'를 벌인 꼴이다. 이를 본 사람들이 공자에게 까닭을 물었고, 그 사정이 입소문을 타면서 마침내 아버지의 무덤을 알아내 합장했다. 어떤 책에 보면 공자는 이때 비로소 자신이 귀족 가문 출신임을 알았다고 한다. 아버지가 별 볼 일 없었는데, 웬 귀족? 족보에 보면 10대조에 불보하라는 이가 있었는데, 본디 송나라의 제후자리를 물려받을 수 있었으나 동생에게 양보했다고 한다. 공자, 이때 비로소 열등감을 씻었다고 했으나, 나는 이런 정황을 의심의 눈초리로 본다. 공자가 훗날 유명한 사람이 되니까 후대의 역사가가 부랴부랴 가짜 족보를 만들었을 수도 있고, 우리의 경우에서 알 수 있듯 혼란기에 족보를 슬쩍 바꿔치기해 자기의 조상이 왕족이었다고 '뺑'을 칠 수도 있기 때문이다.

어머니를 장사 지내고 난 지 얼마 안 되어 공자가 개망신을 톡톡히 당한 적이 있었다. 계손씨가 명사를 초청해 근사한 파티를 열었는데, 공자도 신분이 확인된 만큼 이 자리에 참석했다. 그런데 양호라는 이가 공자를 보고서 대뜸 욕을 해대며 "우리 연회에 초대한 분은 모두 명문가 출신인데 어찌 이런 거지 같은 자가 왔는고?"라고 말했다 한다. 아, 불쌍한 공자! 가난하여 입성이 변변

찮아 이런 봉변을 당할 수도 있고, 아비 모르는 짱구라고 어릴 적
부터 놀림받아온 터라 이런 몹쓸 대접을 받을 수도 있었으리라.
공자가 불우한 환경에서 자랐다는 것은 이로써 충분히 설명이 되
었을 테니, 이제 공자의 '인간 승리'를 알아볼 차례다.

『논어』에는 공자의 자서전이 잘 정리된 대목이 있다. 이제는 일
종의 고사성어가 되어 외워야 하는 그것, 그러니까 "열다섯은 지
학(志學), 서른은 이립(而立), 마흔은 불혹(不惑), 쉰은 지천명(知天
命), 예순은 이순(耳順), 일흔은 불유구(不踰矩)"라는 것이 바로 공자
가 자신의 삶을 회상하면서 했던 말이다. 여기서 내가 주목하는
것은 지학이다. 그러니까 공자는 열다섯 살부터 공부하기로 마음
을 굳게 먹었던 듯싶다. 자신의 신분에 절망하지 않고, 어떻게든
한계를 넘어서기 위해 가상한 생각을 품었으리라. 가난하기 짝이
없는 공자가 어떻게 공부했을까 궁금해지는데, 어렵게 생각할 필
요는 없을 듯하다. 그야말로 주경야독했을 터이니 말이다. 요즘
말로 하면, 공자는 낮에는 온갖 허접스러운 일을 도맡아 하는 아
르바이트를 하고 밤에는 졸음을 물리치며 공부했으리라.

이쯤에서 춘추시대의 노나라에 관해 알아볼 필요가 있다. 그래
야 공자가 어떻게 공부했는지 미루어 짐작할 수 있으니 말이다.
주나라가 은을 정복한 다음, 주의 무왕은 친동생인 주공을 노나
라 제후로 임명했다. 주공은 뛰어난 정치가이자 군사전략가이면

서 문화와 역사에도 밝은 인물이었다. 친형 입장에서 능력 있는 동생을 멀리 보내기보다는 가까이 두고 나랏일을 맡기고 싶은 것이 인지상정. 노나라의 경영권은 주공의 아들인 백금에게 넘겨주고 주공은 서울에서 통치에 참여하도록 배려했다. 주 왕조의 전장(典章)과 예악(禮樂) 제도는 대부분 주공이 만들었다고 한다.

사정이 이렇다 보니, 노나라는 다른 제후국과 달리 수많은 혜택을 입었다. 백금은 주나라 천자만 쓸 수 있는 예악, 기물, 전적 등을 가져왔고, 노나라만 유일하게 천자의 예악으로 천지와 조상에게 제사 지낼 수 있었다. 한마디로 주나라의 선진 문화가 노나라에 고스란히 전해졌던 것이다. 공자는 바로 노나라 사람이었다. 공부하기로 마음먹은 이상 무엇을 배워야 할지는 공자에게 큰 고민거리가 아니었을 듯싶다. 주나라에서 펴낸 책이 널리 퍼져 있고, 주례(周禮)를 시행하는 현장을 볼 수 있었으니 춘추시대의 혼란기에 공자는 행운아였던 셈이다.

가난한 공자는 책 살 돈도 없었으리라. 그러니 이웃에 사는 사람에게 책을 빌려 보았을 것이다. 책만 본다고 어찌 깨달음을 얻을 수 있겠는가. 거리에 나가 현명한 사람을 찾아 물어보았으리라. 『논어』에 나오는 그 유명한 구절, 즉 '세 사람이 길을 가면 그 가운데 반드시 스승이 있게 마련'이라는 말은 이런 경험에서 비롯되었을 터이다. 현장 답사에는 얼마나 열심이었겠는가. 책에 나온 사실과 현실이 어떻게 같고 다른지도 알아보았을 것이다. 공자 가라사대, "나는 날 때부터 다 알고 태어난 사람이 아니다. 다만 옛사람이 남긴 업적을 사모하여 끊임없이 배우고 추구했을 따름이다."라고 했다. 제아무리 고전이라 해도 그 글 쓴 사람의 개인적 삶이 묻어 있게 마련이다.

코피 쏟아가면서(어느 책에도 이런 기록은 없으나, 짐작하기에 그렇다는 말이다) 열심히 책을 읽고 공부하던 공자의 생활은 어땠을까? 세상에 이름을 떨치기 전이었으므로 열악한 환경에 놓였을 것은 불을 보듯 뻔하다. 『논어』에 기록되길 "어려서 가난하여 많은 기예를 익혔다"고 하지 않던가. 공자는 오늘로 치면 택시 기사나 공장 기술자로 일하면서 돈을 벌어 공부했던 모양이다. 아들 낳은 해에 관직을 얻었는데, 승전되어 한 일이 고작 가축 기르는 일이었다. 공자가 맡은 목장은 제사 때 희생물로 바치는 소나 양을 기르는 곳이었을 가능성이 크다. 그러니 나라에서 월급 받는 목장지기를 했을 터. 하나, 생각을 바꿔보면 천하의 공자가 스무 살 무렵에는 소똥 치우고 양털 깎으며 목구멍에 풀칠했다는 말이 된다. 그럼에도 공자의 공부는 계속되었다. "열 가구의 작은 마을에도 반드시 나만큼 충직하고 신실한 사람이야 있겠지만, 나처럼 학문을 사랑하는 사람은 아마 없을 것"이라고 스스로 말할 정도다.

그런데 "남들이 알아주지 않아도 성나지" 않았던 공자에게 기쁜 일이 일어났다. 쥐구멍에도 볕들 날 있다더니, 세상이 공자를 알아주기 시작했다. 나이 서른에 공자는 삶의 일대 전환점을 맞이했으니, 스스로 섰다(而立)는 말에서 알 수 있듯, 이때부터 제자를 받아들였다. 나중에는 제자가 3천 명에 이르렀다는 과장된 기록도 있는 걸로 보아, 요즘으로 말할 것 같으면 강남의 유명한 학원 원장으로 이름을 떨쳤다고 보면 될 성싶다. 더불어 관운도 따랐다. 공자가 승승장구하며 출세 가도를 달릴 적에 올랐던 직위를 오늘에 맞게 옮기면, 재정 담당관, 국가 공인 회계사, 건설부 장관, 법무부 장관, 서울의 중구청장, 외교관 등속이 된다. 개천에서 용 났다, 라는 말은 이럴 때 하라고 조상님이 준비해준 속담이다.

공자의 세속적인 성공은 왜 책을 읽어야 하는가에 중요한 시사점을 던져준다. 가진 거라고는 불알 두 쪽밖에 없던(예의에 어긋나는 표현이나 재미로 여기고 화내지는 말기를!) 공자가 자신의 사회적 지위를 높인 데는 책읽기가 결정적인 역할을 했다. 공자의 공부는 따지고 보면 책을 읽고 주변 사람과 토론했다는 말이다. 기실 공부란, 읽고 말하고 쓰는 과정을 일컫는다. 주나라에서 펴낸 책이 노나라에 고스란히 남아 있지 않았다면, 또는 공자가 다른 제후국에서 태어났다면, 공자라는 이름이 역사에 남아 있지 않았을 수도 있다. 그렇다. 책을 읽는 이유는 자신의 사회 신분을 향상하기 위해서다. 공자처럼 열악한 상황에 놓인 이라면, 그 상황을 타개하고 자신의 삶을 더 나은 조건으로 개선하기 위해 책을 읽어야 한다. 애초 남보다 유리한 조건을 갖고 태어났더라도 책을 읽어야 하는 이유는, 바로 그것을 지키거나 더 확장하기 위해서이다. 전쟁으로 극도의 혼란을 겪던 공자 시대에도 책읽기가 신분 상승의 결정적 요인이었는데, 하물며 지식 기반 사회라고 일컬어지는 오늘에야 그 중요성을 새삼 말할 필요는 없을 성싶다. 자본이 지식을 사서 더 큰 이익을 내던 시대는 지났다. 지금은 오히려 지식이 자본을 구해 더 큰 이익을 남기는 시대이다.

부흥기를 맞이한 영화 산업이 하나의 증거가 될 법하다. 듣건대, 영화 제작사는 돈 한 푼 안 들이고 영화를 찍을 수도 있다고 한다. 대중의 문화 욕구를 정확히 읽고, 이를 바탕으로 어떤 내용의 영화를 찍을 것인지만 정하면 된다. 이를 기반으로 대강의 얼개를 짠 뒤 투자가를 설득해 자금을 마련하고, 이 자금으로 시나리오 작가, 감독, 배우를 섭외하면 된다. 영화가 망하면 투자가를 피해 숨어 살아야겠지만, 대박 터지면 영화 제작사는 큰돈을 거머쥐게 된다. 계약 조건에 따라 다르지만, 대체로 영화 제작사의 지분이 큰 경우가 많다고 한다(그럴 수밖에 없는 것이 투자가는 다수이기 때문에 개별적으로 차지하는 비중이 낮을 수밖에 없다). 돈 한 푼 안 들이고, 정확한 기획력만으로 떼돈을 번다니, 정말 '손에 아무것도 안 묻히고 코 푸는 격'이라 할 만하다. 책읽기와 사회적 성공의 상관 관계는 오랫동안 등한시되었다. 책읽기가 인격 도야의 지름길이라 믿는 오랜 교양주의의 영향 탓이다. 그러나 세계를 움직이는 힘이 바뀐 이상 이 점은 오히려 강조될 필요가 있다. 하물며, 공자도 그러지 않았던가.

그렇다면 책읽기의 목적이 오로지 사회적 성공이라는, 실용적인 데만 있는 것일까. 결코 그렇지 않다. 이 역시 공자의 삶에서 확인된다. 앞의 자서전에서 공자는 일흔이 되니 마음이 하자는 대로 해도 '불유구'라 했다. 불유구란 무언가를 넘어서지 않았다는 뜻이다. 그 무엇이 바로 구(矩)인데, 동양신화를 보면 무슨 뜻인지 알 수 있다. 신화에 따르면 복희는 직선을 그리는 곱자를 들고 있는데, 남성 원리인 양의 기운을 뜻한다. 여와는 원을 그리는 컴퍼스(그림쇠)를 들고 있는데, 여성 원리인 음의 기운을 상징한단다.

복희가 든 곱자가 구이고 여와가 든 그림쇠가 규(規)다. 구의 뜻을 바탕으로 불유구를 조금 과장해 풀이하자면, 공자는 나이 70에 이르러 아무렇게나 행동해도 우주의 원리에서 조금도 벗어나지 않았다는 뜻이 된다. 조금 경박하게 표현하면, 눈 감고 야구방망이를 휘둘러도 늘 홈런을 쳤고, 눈 가리고 화살을 쏘았는데도 늘 과녁에 명중했다는 셈이다. 그러니 공자가 나이 70에 이르러

한마디로 도가 통한 사람이 되었고, 정확히 말하면 성인의 반열에 올랐다는 것이다. 어떻게? 신에게 기도하고 제사 지내서? 나무 밑에 자리 깔고 앉아 명상하다가? 아니다. 그는 온 힘을 다해 책을 읽고 토론하고 가르치면서 이 경지에 올랐다.

이것이야말로 오랫동안 책 읽는 목적으로 이야기되어온 바다. 우리에게는 동물적, 또는 악마적, 또는 성악설의 요소가 있다. 수단과 방법을 가리지 않고 나만 잘 살면 된다는 검은 구름이 우리의 맑은 마음을 가린다. 그것들이 타고난 것이냐, 아니면 살다 보니 그렇게 된 것이냐 하는 철학 논쟁은 여기서 거론하지 말자(내가 감당할 수 없어서 그렇다). 중요한 것은, 공자가 책을 읽으면서 우리 정신 깊은 곳에 숨은 악의 요소를 마침내 깨끗이 씻어냈다는 사실이다. (극기복례!) 책은 본디 거울이 아니던가. 책은 추한 나를 비추어주고, 그것을 이겨내도록 자극한다. 반성하게 하고 참회하게 하고 새로운 꿈을 꾸게 해준다. 그리하여 마침내 참된 인간의 경지까지 우리를 이끌고 간다. 세속에서 성인 되기! 시대가 아무리 변하더라도, 그래서 설혹 우선순위가 바뀌더라도 결코 포기할 수 없는, 책을 읽어야 하는 이유 가운데 하나가 여기에 있다.

공자는 우리에게 '간증'하고 있다. 아, 놀라워라! 책읽기의 힘은 변신에 있다. 그 변신이란 첫째로 사회 신분의 상승이다. 가난하고 어려운 환경에 놓여 있더라도 책읽기는 그 사람을 높은 자리에 이르게 해준다. 두 번째는 존재론적 변신이다. 우리의 몸에 흐르는 더러운 피를 정화하고 마침내 성인의 자리에 올라서게 한다. 그러니, 참으로 공자는 행복한 사람이다. 두 마리 토끼를 한꺼번에 잡지 않았던가. 누구나 꿈꾸는 대로, 개인적인 성공을 거두는 동시에 사회적으로 덕을 베푸는 사람이 되었다. 그러므로 나는 말한다. 책읽기는 '공자 되기'라고.

이제,
거인의 무동을 타자

열풍이라 하기에는 과장이 없지 않으나, 고전에 대한 관심이 높아진 현상은 분명히 특기할 만한 일이다. 그동안 번역되지 않던 책이 잇따라 나오고, 이 고전을 알기 쉽게 해설한 책이 나름대로 시장에서 선전하고 있다. 물론, 어딘가 기획성이 강해 보이는 책도 포함되어 있다는 점에서는 상업주의라는 혐의를 둘 수도 있다. 된다 싶으니까 너도 나도 달려들어 쏟아내는 경향이 있다는 뜻이다. 그럼에도 이런 현상을 군이 비판하고자 하는 마음은 추호도 없다. 솔직히 말하자면 더도 말고 덜도 말고 지금만 같아라, 하는 심정이다.

정작 고전에 대한 관심에 불편한 마음이 드는 것은 아무래도 대학 입시와 관련되어서다. 몇몇 대학이 논술을 강화한다면서 고전 목록을 발표하고, 이 목록이 사회에 영향을 끼치면서 고전에 대한 수요가 부쩍 늘어났다. 고전이란 어찌 보면 교양의 정수인지라 사실 청소년 시절에 읽기 어려운 면이 있다. 서양처럼 체계적으로 독서 교육을 해왔다면 당연히 얼마든지 소화해낼 수 있겠지만, 고질적인 입시 교육에서 벗어나지 못한 우리의 경우, 염려할 만한 일이 아닐 수 없다. 그럼에도 나는 청소년 시절부터 고전을 접할 수 있는 장치가 마련되어야 한다고 생각해왔다.

나 역시 이 나라의 평균적인 사람에 불과한지라 청소년 시절 독서 교육을 제대로 받아본 적이 없다. 많은 사람이 회상하듯, 책을 읽는 행위는 입시 전쟁에서 패배를 예고했다. 한 손에는 교과서, 다른 손에는 참고서라는 지상명령에서 벗어났을 때 주어졌던 가혹한 형벌을 나는 기억한다. 지금 되돌아보면, 이 나라 교육이 얼마나 미쳐 있었던가, 하는 생각이 든다. 그러다 보니 청소년 시절의 내 독서 목록은 빈약하기 짝이 없었다. 방학 때 그나마 숨통이 트이는지라 또래 시인인 장정일의 시에서 확인되듯 삼중당 문고로 겨우 연명했을 뿐이다. 그런데도 내 어린 시절을 화려하게 수놓은 독서 경험이 있으니, 그 유명한 '자유교양문고'였다.

'강제였다, 통제였다, 억지였다' 하는 비판을 받는 그 문고가 사실 나에게는 사막에서 만나는 샘물이었다. 제대로 읽었고 깊이 읽었고 많은 영향을 받았다. 가만 보면, 학교에 남아 그 책을 읽고 독후감을 쓸 때처럼 행복하고 가슴 벅찬 시절은 없었던 듯싶다. 고백하자면, 우리 집은 당시 빈민이나 다름없는 상황이었고, 더 나은 미래를 그려볼 수 없는, 무척 어려운 상황에 놓여 있었다. 그런 내게는 '자유교양문고'가 동화에서나 보았던, 하늘에서 내려온 동아줄이었다. 상상으로나마 현실에서 벗어나게 해주는.

나는 지금 내 체험을 사회화해야 한다는 오만을 부리려는 것이 아니다. 자유롭고 열려 있고 자발성을 자극하는 섬세한 프로그램이 뒷받침되는 조건에서 교육이 독서를 어떻게 제도화할 수 있는가를 고민해야 한다는 뜻이다. 솔직히 말해보자. 교육에서 강제라는 굴레를 벗겨낼 수 있을까. 스스로 잘하고 흥미로워하고 재미있어 하면 교육이 꼭 필요하겠는가. 어려워하고, 하기 싫어하고, 귀찮아하지만 가치 있고 의미 있는지라 교육하려는 것이 아닌가. 진정한 교육은 강제성이 있느냐 없느냐로 가름되면 안 된다. 시작할 때는 얼마간 강제성이 있더라도, 그 끝이 자발성으로 이어지느냐 아니냐로 판단되어야 마땅하다.

당연히 청소년은 고전을 읽기내기 쉽지 않다. 그렇다고 청소년에게 대놓고 고전을 읽지 말라고 할 수 있겠는가. 아마 그 누구도 이런 말을 하지는 못할 터이다. 고전에 대한 정의와 효용성을 두고 논쟁을 벌이더라도, 정말, 이런 무식한 말을 당당하게 할 사람은 없다. 그러다 보니, 나는 논술이 '강압적인' 방식으로나마 청소년에게 고전을 읽을 수 있는 계기를 마련한 현실을 일정 부분 긍정적으로 본다. 이것이 한때 유행하고 마는 거품 현상이 되지 않게, 오로지 입시를 목적으로 한 교육이 되지 않게, 청소년에게 무조건 읽으라고 강요만 하지 않고 제도적으로 읽을 수 있는 환경을 만들어주어야 하는 것은 당연한 전제이지만 말이다.

그렇다면, 교양인은 고전을 읽지 않아도 되는가. 결코 아니다. 우리 교양인은 청소년 시절, 고전을 읽을 기회를 박탈당했다. 놀랍게도 이들 세대는 책 제목만 보고 지은이가 누구인지 알아맞히는 시험을 쳐본 적은 있을지언정, 고전을 직접 읽고서 깊이 있게 토론하고 발표한 적은 없었다. 그나마 우리 대학 교육이 이런 현실을 인식하고 교양 교육에서 고전을 교과목에 편입시킨 것은 최근의 일이다. 정말, 교육이라는 현장에서 고전은 제목만 알지 정작 읽어보지 않은 책의 대명사로 자리 잡은 셈이다. 그러니 지금이라도 고전을 읽지 않는다면 평생 접할 기회를 잃어버리고 말 터이다.

연령대를 넘어서, 그리고 여러 비판에도 고전을 읽을 기회가 마련된 것은 참 좋은 일이라는 평가에는, 고전이란 꼭 읽어볼 가치가 있다는 믿음이 깔려 있다. 그러니까 고전을 읽어보자고 말하는 순간, 왜 그런 유의 책을 읽어야 하는지 설득해야 하는 의무가 주어진다. 그런데, 그 이야기를 하기 전에 나는 과연 고전을 어떻게 접하고 있는지 고백부터 해야 할 듯싶다. 소문난 책벌레는 고전을 어떻게 읽고 있을까?

거듭 말하지만 청소년 시절 나의 독서 목록은 빈약하기 짝이 없었다. 그 곳간이 풍요로워진 것은 대학에 들어가고 나서부터다. 우리 문학은 물론이고 동서양의 고전문학을 두루 읽어나가면서 비로소 눈이 뜨였다. 거기에는 선배도 한몫했다. 학생 때 이미 문인이 된 이가 있을 정도로 학과 분위기가 사뭇 달랐다. 1980년대는 사회과학의 시대였다. 지금 생각하면 조악한 일본어 번역본 위주의 정치경제학 서적을 주로 보았지만, 그것으로 풀린 지적 갈증은 그리 오래가지 않았다. 고전만이 답이었다.

나는 주로 당시 번역본이 나온 루카치를 탐독해나갔다. 특별히 『역사와 계급의식』(박정호·조만영 옮김, 거름, 1986)을 읽으며 받았던 충격은 이루 말할 수 없었다. 루카치는 이른바 '긴' 철학자다. 헝가리에서 일어난 민주 혁명에 동참했다 복원된 왕정에 목숨을 잃을 뻔했다. 사회주의 혁명 이후에는 소련의 권력자에게 죽을 뻔했다. 극단의 시대를 살아온 철학자답게 그는 역사의 진보와 노동자가 이루어낼 새로운 세계에 대한 믿음이 강했다. 나는 그의 책을 읽으며 왜 일하는 사람이 새로운 세상을 열 수 있는지 깨달았으며, 교조주의에 빠지지 않고 변화의 물결을 타면서도 중심을 잃지 않는 중용의 정신을 배웠다. 만약, 내 삶에서 『역사와 계급의 식』을 뺀다면 나는 한낱 빈껍데기에 불과할 터이다.

도서 평론가라는 직함을 달고 나대면서부터 고전에 대한 갈증은 더 심해졌다. 쏟아져 나오는 신간을 읽으며 도토리 키 재기식의 책에 진력이 났다. 하지만 고전을 읽을 짬을 내기는 쉽지 않았다. 읽으랴, 쓰랴, 말하랴, 언제 진득하게 고전을 읽겠는가. 그런데 고전에 대한 관심이 높아지면서 고전을 읽고 독후감을 써달라는 청탁을 자주 받게 되었고, 그 덕에 직업적이고 강제적인 고전 읽기의 기회를 잡았다. 정말 힘들었다. 문학을 대상으로 할 때면 그나마 나았다. 그러다가도 그 주제나 상징성을 정확히 읽어내고 있는가 하는 의심이 들었던 적이 한두 번이 아니었다. 어디 나가서 책 많이 읽는 사람인 양 행세했던 것이 부끄러워질 때도 있었다. 아, 아직 멀었구나 하는 생각이 들다가도 외려 퇴보했구나 하는 느낌이 든 적도 있었다. 읽고 쓰기도 바쁜데 자신감마저 잃어버렸으니 큰일 아니었겠는가. 그럼에도 열심히 읽었다. 읽다가 너무 어려워 무슨 말인지 도통 알 수 없는 구절도 숱하게 만났다. 정말, 귀신 씻나락 까먹는 소리 같았다. 그래도 내친 김에 읽어나갔다. 때로는 꾀를 부려 쉬운 책을 골라 쓰기도 하고, 이미 읽었던 책을 찾아내 쓰기도 했지만, 기회가 닿는 대로 읽어나갔다. 그러다가 청탁받지 않은 고전을 읽기 위해 짬을 내기도 했다. 정말 고전의 맛을 알게 된 것이다.

거인의 무동을 탄 난쟁이라는 말이 있다. 지금 내가 훌쩍 정신의 키가 커진 듯한 느낌이 드는 것은 거인의 무동을 탔기 때문이다. 언뜻 내가 잘난 듯 보여도, 알고 보면 남의 것을 바탕으로 했다는 말이다. 고전이란 거인이다. 인류의 지성이 갈고닦은 사색의 결과물이 한데 모여 있다. 그것을 타야 비로소 보이는 것이 있다. 그것에 올라서야 비로소 알게 되는 것이 있다. 그것에 기대야 비로소 느끼는 것이 있다. 이 모든 것을 가능하게 하는 것이 고전이다. 더욱이 인류의 역사란 사건 자체가 반복되는 바는 아니나 구조가 반복되는 경향이 짙다. 살다 보면 정말 하늘 아래 새로운 게 없다는 사실을 알게 되고, 이 일이 오래전 일어났던 일과 상당히 유사하다는 깨달음을 얻을 적이 한두 번이 아니다. 그런 점에서 고전은 오래된 지혜다. 당대의 문제를 해결하기 위해 피를 토하도록 고민하고 그 결과물을 교양인과 나누고자 펴낸 책이 훗날 고전이 되었다. 오늘 우리가 맞닥뜨린 난제를 풀 지혜의 열쇠가 고전에 있다.

고전의 바다에 빠져보면 알겠지만, 읽어야 비로소 이해되는 것이 있다. 그것을 읽지 않았기 때문에 줄줄이 이해되지 않는 책이 있다. 그것을 읽었기 때문에 비판할 수 있는 책도 있다는 말이다.

고전을 젖줄로 삼지 않고서는 더는 정신적 성장과 성숙이 어렵겠다는 느낌이 드는 이유가 여기에 있다. 쏟아져 나오는 새 책에 신물이 나고 반복되는 주제를 새롭게 포장해 내놓은 듯한 느낌이 들 때 고전을 읽어야 한다. 그러면 갈증 때문에 마셨다 더 지독한 갈증에 빠져버리는 악순환에서 벗어날 수 있다. 그만그만한 정신적 높이에 진력이 났을 때 고전을 읽어야 한다. 그때 비로소 훌쩍 커진 자신을 발견할 수 있다.

이미 다 말한 격이나 다시 한번 강조하자면, 고전은 한 시대 공동체 구성원의 지적 화두를 치열하게 고민한 흔적이다. 이것이 없는 책은 고전의 반열에 오르지 않는다. 그래서 고전은 뜨겁다. 그 문제를 해결하지 않고서는 도탄에 빠진 삶을 구원해낼 수 없기에 그러하다. 그 문제를 풀어내지 않고서는 한 발짝도 앞서 나갈 수 없다고 여겼기에 그러하다. 더욱이 그 성취를 디딤돌로 삼아 새로운 문제의식에 도전한 책이 고전의 반열에 올랐으니, 어찌 읽지 않을 수 있겠는가.

물론, 나는 모든 사람이 고전을 읽으리라고 여기지 않는다. 가슴이 불타고 있는 사람만이 고전을 읽을 수 있다. 오늘 우리의 문제를 진지하게 고민하고 그 대안을 찾고자 하는 사람이 고전에 다가갈 수 있다는 뜻이다. 늘 지적 갈증에 허덕이는 사람, 진중하고 진지하며 성찰할 줄 아는 사람만이 고전에 다가갈 수 있다. 문제를 해결하고자 하는 사람만이 고전을 읽을 수 있다. 지적 유희에 그치는 것이 아니라 지금 우리를 억누르는 고통의 근원을 제거하고자 하는 사람만이 고전을 읽을 수 있다.

그러니, 거인의 무동을 타고 싶은 이라면 제발 고전을 읽으시길!

책읽기와
저축하기

대학에서 강의한 적이 있다. 그때 내가 맡은 과목 가운데 '양서와의 만남'이 있었다. 처음 강의를 맡았을 때 과연 강의가 제대로 진행될지 걱정스러웠다. 강좌 이름으로 보건대, 폐강될 가능성이 커 보였다. 책 안 팔린다는 아우성을 귀가 따갑게 들어온 나는 디지털 시대를 사는 청년이 이 강좌를 신청할 리 없으리라 미루어 짐작했다. 거기다 '촌스럽게' 양서와의 만남이라니. 청소년 시절 읽지 않으면 안 되는 것처럼 하도 성화를 부려 읽어보다 따분하고, 지루하고, 어려워 내던져버린 것이 그 양서일 텐데, 강좌를 신청하겠는가 싶었다.

그런데, 아뿔싸, 미처 생각하지 못한 것이 있었다. 교양 강좌란 학점 따기 편한 과목이라는 통념이 학생 사이에 널리 퍼져 있었다. 읽는 것이 아니라 듣는 것이라면, 대충 시간을 보내고 괜찮은 학점을 받으면 된다는 '암산'이 있었던 것을 몰랐다. 출석부를 받아보니, 학생 수가 너무 많았다. 90명이나 신청했다. 분명히 강의 계획서에 한 권의 책을 선정해 함께 읽고 토론하는 수업이라고 밝혀놓았는데, 그것마저 읽지 않고 수강 신청을 한 게 분명했다. 그래서 꾀를 부렸다. 첫 강의 시간에 엄포를 놓기로 했다. 이번 학기에 함께 읽어야 할 책이 무려 다섯 권이다, 귀동냥으로 때우는 강의로 여겼다면 지금 수강 신청을 변경하라, 라고 하면 상당수가 떨어져나가리라 짐작했다.

예상은 맞아떨어졌다. 말이 끝나자마자 서둘러 가방을 싸서 나가는 학생이 속출했다. '작전'대로 되니 속으로 쾌재를 불렀지만, 한편 씁쓸한 생각이 들기도 했다. 한 학기에 다섯 권의 책을 읽는 게 부담스러워 수강을 포기할 정도면 평소 얼마나 책을 읽지 않는 것일까. 그래도 반이나 남아 있는 '신통한' 학생들에게 물었다. 한 달에 세 권 이상 읽는 사람 있으면 손 들어보라고. 남학생 한 명이 번쩍 손을 들기에 '결정타'를 날렸다. 만화책은 제외하고, 라고 했더니 얼른 손을 내렸다. 아무리 귀에 못이 박히게 들었다 해도 현장에서 확인하면 충격을 받게 마련이다. 대학생이 책을 읽지 않는다는 소리를 늘 들어왔지만 막상 그 사실을 두 눈으로 확인하니 순간 아찔하지 않을 수 없었다.

왜 요즘 젊은이는 책을 읽지 않을까, 그리고 그것이 오로지 이들만의 책임일까, 하는 생각이 들었다. 암울해지고 답답해졌다. 첫 강의가 웅변조로 끝난 이유가 여기에 있다. 그러나 강의를 마치고 돌아오면서 오늘의 청년을, 역설적인 의미에서, 이해할 만하다는 상념이 불쑥 들었다. 먼저 그들이 책을 읽지 않는 것은 우리 사회에 책을 읽고 성공한 사람이 드물어서다. 금력과 권력이 판치는 세상에서 지식과 지성의 가치는 그 어디에서도 찾을 수 없다. 수단과 방법을 가리지 않고 남보다 앞서야 성공할 수 있는 곳이 바로 우리 사회다. 더욱이 디지털 혁명의 시대를 맞이하여 즉각적인 효과가 나타나지 않으면 그 어떤 매체도 살아남기 힘들어졌다. 견고한 성채로 또 하나의 권부를 이루었던 종이 신문이 몰락하는 광경을 두 눈으로 목격하고 있지 않은가.

하지만, 나는 시대착오라는 비아냥을 듣더라도 다시 청년에게 책을 읽어야 한다고 말하기로 마음먹었다. 첫 강의 시간에는 전통적인 독서론을 소개하고, 새로운 시대의 독서론을 장황하게 떠벌렸다. 그러나 고작 그 정도로 학생들의 마음을 움직이기란 역부족이었다. 그래서 다음 시간에는 새로운 비유를 들어 책을 읽어야 하는 이유를 설명하기로 했다. 내용인즉슨 이렇다. 책

읽기는 마치 여투는 것과 같다. 물 쓰듯 써도 모자랄 판에 아껴서 여툰다는 것은 결코 쉬운 일이 아니다. 절제해야 하며 내일을 생각해야 한다. 거기다가 셈해보면, 늘어나는 이자는 얼마나 적던가. 그러나 여투는 것에는 미덕이 있다. 지금 당장 목돈이 되는 것은 아니지만, 꾸준히 성실하게 모아놓으면 언젠가 큰 힘이 되는 법이다. 책읽기가 이와 같다. 읽자마자 어떤 효과가 나타나는 것은 아니나, 그것이 온축되면 절로 큰 힘을 발휘하게 마련이다. 그 힘이란, 세속적인 의미의 성공을 뒷받침하는 실력으로 나타나기도 하나, 그것보다 더 큰 가치를 지닌 삶의 지혜로 드러나기도 한다.

저축하기는 주식 투자와 대비된다. 적은 돈을 잘 굴리면 큰돈이 된다. 그 효과는 나중에 거두는 것이 아니라, 즉각 얻는 것이다. 주식 투자야말로 오늘의 시대정신을 상징한다. 그러나 청년이여, 빚을 내면서까지 주식 투자에 뛰어들었던 사람의 말로를 기억하라. 저축해서 망했다는 사람은 보지 못했으나, 주식에 섣불리 투자했다가 패가망신한 사람은 여럿 보았다. 대박을 터트린 사람도 있다고? 물론 일리 있는 반박이다. 주식 투자를 하지 말라는 것이 아니다. 오로지 주식에만 투자하는 것은 위험하다는 뜻이다. 안정적인 투자를 위해서라도 저축에 힘을 써야 한다. 전문가도 모아놓은 돈으로 투자하는 것을 장려하지 않던가.

이야기가 여기에 이르면, 나는 다시 웅변조로 강의를 맺을 듯하다. 지금 당장 쾌락과 효용을 안겨준다는 '이미지'라는 이름이 붙은 뱀의 유혹에 넘어가지 마라. 그 대가는 참으로 쓰디쓰니, 끝내 지식과 교양의 동산에서 쫓겨나고 말리라. 그러니 청년이여, 제발 책 좀 읽어라, 라고 말이다.

정서적 안정과 치유로서
책읽기

나는 한동안 복간하자마자 위기에 놓여 있
던 서평 및 출판소식지인 《book & issue》 편집을 도맡은 적이
있었다. 그때 지금은 고인이 된, 유명한 책벌레였던 이중한 선생
께 원고를 한 편 부탁드렸다. 그분이 해오신 일을 보건대, 새로운
세기에 걸맞은 독서론을 써 주실 수 있으리라 기대해서였다. 독
서의 이유와 방법을 밝힌 글이나 책은 이미 많았지만 나는 어딘
가 시대에 뒤떨어져 있다고 느꼈다. 더욱이 괜찮다는 것은 외국
책이어서 우리의 문제의식을 담은 책은 거의 없다시피 했다. 그
런 갈증을 풀어줄 만한 분으로 이중한 선생만 한 어른이 없었다.

마감 시간을 훌쩍 넘겨 들어온 원고를 읽으면서 나는 염화미소라는 고사가 떠올랐다. 잘 알고 있겠지만, 석가가 설법하면서 말 없이 연꽃을 들어 보였더니 가섭만이 그 뜻을 알아차리고 미소 지었다고 하지 않던가. 나는 전화 예절에 서툴러 긴 말을 삼가고 고갱이만 추려 간략하게 말하는 습관이 있다. 좀 더 자세한 내용은 이메일로 보내는 편인데, 이중한 선생은 이미 전화 내용만으로 내가 무엇을 원하는지 정확하게 꿰뚫고 계셨다.

내가 이중한 선생께 원고 청탁한 일을 나부대는 것은 그때의 글에 중요한 내용이 많이 실려 있어 이 자리에 소개하고 싶어서다. 먼저 특유의 수사학으로 책읽기의 두 가지 종류를 정리했다. 그중 하나는 '비타민적 읽기'인데, 당장의 효과를 노리고 읽는 것이 아니라 은근하게 지속적으로 영향력을 발휘하는 읽기를 가리킨다. "나는 지난 60년간 책읽기와 책 사기를 즐겨왔다. 그것 때문에 더 잘 살았다고 말하기는 어렵지만, 그래도 그것 때문에 지루하게 살지는 않았다고 말할 수 있다. 그것 때문에 사는 데 특히 유리한 조건이나 대우를 받은 것도 없다. 그저 스스로 사는 것에 대한 희로애락을 좀 더 폭넓게 느껴왔다고 말할 수는 있다"는 고백이 여기에 해당한다. 두번째는 '아스피린적 읽기'이다. 빠르게 효과를 얻을 수 있는, 실용적인 독서를 뜻한다.

우리 사회의 풍토가 '비타민적 읽기'에서 '아스피린적 읽기'로

옮겨 온 것은 다 아는 사실이다. 문학과 인문학의 위기도 이런 풍조에서 비롯했다. 두 가지 방식 중 무엇이 바람직한 독서인가는 이 자리에서 논하지 않기로 한다. 눈 밝은 이는 이미 그 답을 알고 있을 터이니 말이다. 이중한 선생의 글에는 '21세기 독서의 과제는 무엇인가'에 대한 심도 있는 의견이 실려 있다. 오늘 우리가 관심을 기울일 대목이기도 하다. 나는 이 글을 읽으면서 상당히 충격을 받았다. 지식과 교양의 가치를 너무 내세우다 보니 미처 생각하지 못했던 사실이 있다는 점을 깨달았다. 디지털 시대에 책을 읽어야 할 이유 가운데 맨 앞에 나온 것은 정서적 안정감이었다.

빛의 속도로 세상이 바뀌면서 우리의 일상은 엄청난 격변에 휩쓸렸다. 노동의 위기가 공공연하게 말해지더니 곧바로 현실에 나타났다. '철밥통'은 그 어디에도 없는 시대로 돌입했다. 오래된 직종일수록 빨리 사라지고, 정규직보다는 비정규직 일자리가 늘어나는 추세다. 새 일을 찾기도 어렵지만, 그 일자리도 오래가지 않는 것이 더 큰 문제다. 설혹 남아 있더라도 그 일의 성격이 변하고 말아 일하는 사람을 괴롭힌다.

이중한 선생은 이런 상황에서 제일 중요한 것은 변화를 받아들일 수 있는 정서적 안정감이라 말했다. 그런데 이 안정감은 누가 가르쳐주는 것이 아니라 스스로 찾아내야 한다. 이중한 선생은 그 능력이 바로 읽기에서 비롯한다고 보았다. 읽기 능력이 축적되었다면, 복잡하고 암담하고 들뜬 상황에 휘둘리지 않고 읽기에 몰입할 수 있는 법이다. 이 능력은 상당히 놀라운 효과를 발휘한다. 현실이 주는 스트레스 상황에서 빠져나와 상상의 상황에 몰입하여 새로운 사유를 펼쳐낼 수 있기 때문이다. 정말 선생의 말대로 현실 망각이나 도피의 방편으로 "술로 만취해보거나 수면제로 잠을 자보는 것보다" 훨씬 효과가 높다(이상은 이중한 선생이 《book & issue》 5호에 쓴 〈살아남으려면 읽어야 한다〉를 참조했다).

시대가 변하면 책읽기의 목적도 바뀌게 마련이다. "교양을 위해, 또는 변화를 읽고 알기 위해" 책을 읽는 것은 20세기적 풍경이다. 변화에 지친 현대인에게는 다른 무엇보다 이 현실에서 낙오하지 않고 살아남을 수 있다고 격려해주는 안정감이 우선될 수밖에 없다. 그런 면에서 나는 정서적 안정감을 위한 독서는 자연스럽게 '성숙으로서의 독서'로 이어진다고 본다. 이 독서론은 김정근 부산대 명예교수가 말한 바 있다.

김 교수는 전통적인 책읽기의 목적에는 두 가지가 있다고 전제한다. 첫째는 좋은 인간이 되기 위한 훈련의 수단이다. 인격 수양이라고 보면 될 성싶다. 두 번째는 능력 있는 인간이 되기 위한 성취의 수단이다. 하지만 디지털 시대에는 제3의 책읽기 영역이 돋을새김되어야 하는데, 바로 성숙을 위한 책읽기라는 것이다. 그것은 "인간을 귀납적으로 이해하고, 아픈 마음을 어루만지고, 상처를 치유하고, 장애를 뛰어넘게 해주는 책읽기"로서, "생산과 산업에 함몰된 인간형을 지양하고 정신복지형을 지향하며, 성취와 성공 지향의 인간형을 극복하고 행복한 인간형에 눈을 돌리는 책읽기"이다. 이 독서론은 그 지향점이 '마음의 상처'와 '심리적 장애'를 치료하는 데 맞춰져 있다. 정서적 안정감을 얻지 못한다면 상처와 장애를 얻을 게 불을 보듯 뻔하므로, 두 입장은 긴밀하게 연관되어 있다(이상은 김정근 교수가《교수신문》2002년 4월 30일 자에 쓴 칼럼 〈제3의 독서 영역〉을 참조했다).

이중한 선생이 밝힌 21세기형 독서론의 나머지는 이렇다. 그 하나는 "창의력과 상상력의 발상법이나 또는 그 힌트를 얻기 위해"서이고, 다른 하나는 "그 어느 때보다 확실하게 시간을 죽일 수 있기 위해, 그렇게 해서 불안정하거나 막연한 상태에서 자주 부딪힐 수밖에 없는 삶의 조건을 '견디기' 위해"서이다. 독서의 목적은 시대에 따라, 말하는 사람에 따라 서로 다르게 마련이다. 그것이 무엇이든 변하지 않는 것은 여전히 책읽기의 가치가 유효하다는 점이다. 책을 읽지 않는 이들에게 간곡히 호소하고 싶은 말이 있다. 왜 지금 우리의 삶에서 책읽기가 중요한지 한번 고민해보라는 것, 그리고 더 늦기 전에 서둘러 책을 읽으라는 것이다. 그러면, 몸소 터득하게 될 터이고 직접 경험하게 되니, 그것의 목록을 늘어놓자면 이러하다. 책은 지식과 교양을 쌓는 데 도움이 되

고 참된 인간이 되는 길을 열어 보이며 정서적 안정을 주고 창의
력과 상상력을 높이며, 시간 죽이기에 그만인 데다 마음의 상처
까지 치유해준다!

고통을 공감하는
상상력의 힘

인터넷 시대에 굳이 책을 읽을 필요가 있느냐는 소리를 자주 듣는다. 그 바다에 들어가면 정보가 넘실거리고, 얼마든지 활용할 교양거리가 넘쳐난다고 한다. 더욱이 영상 시대라 배우고 익히는 것도 영상 매체를 이용하는 것이 훨씬 전달력 높다는 말도 나온다. 한때 책의 죽음을 운운한 것도 이런 흐름과 다르지 않다. 되돌아보면, 그 기세가 얼마나 도도했던지 나 같은 책벌레는 세상 살맛 없어지는 듯한 위기감도 들었다.

그때 생각했던 것이 하나 있다. '아무리 책을 좋아하고 책 덕에 성장하고 책 때문에 먹고산다고 하더라도, 만약 유효기간이 끝났다면 다음 세대에게 책의 가치를 과장할 필요는 없다. 어디까지나 개인적인 기호일 뿐이다. 세상이 바뀌면 문화의 우세종도 달라지는 법이다. 필요 없는데, 필요하다고 말하는 것은 거짓이다. 내가 거짓말하며 혹세무민할 이유는 없다. 그러니까 다시 한번 되돌아보자. 이제 책은 필요 없는 것이 아닐까. 있다면, 지금껏 강조한 것과는 다른 그 무엇을 말할 수 있어야 한다.' 아마 이 정도였던 듯싶다.

스스로 던진 질문에 답을 구하면서 내가 붙잡은 것은 상상력이었다. 특별히 세기말에 들어 신화적 상상력이 주목받고, 이를 바탕으로 한 문화 산업이 기승을 떨쳤다. 옳다구나 싶었다. 문화 경쟁력이 상상력에 뿌리를 두고 있다면, 그리고 영상 매체가 열매라면, 책읽기의 가치를 새롭게 조명할 수 있을 터이다. 영상은 상상의 실현이다. 그렇다면 상상력은 도대체 어디서 키울 수 있을까. 그것은 책이다. 스스로 상상하게 하는 힘이 거기에 있지 않은가.

잘 알다시피 책, 특히 문학은 상상력이 펼쳐지는 한마당이다. 그곳에는 중력 법칙이 작동하지 않는다. 지금 이곳과는 다른 그 무엇에 대한 열망이 온갖 금기를 넘어서게 하니, 꿈꾸던 것이 자유롭게 펼쳐진다. 그 힘이 얼마나 강하던지, 읽는 이는 자신을 잃어버리고 주인공과 하나 되어 즐겁고 행복한 여행을 떠난다. 이때 우리는 고양되고 감동하고 흥분한다. 책 또는 문학이 여전히 위력을 떨치는 이유를 여기에서 찾지 않을 수 없다.

그러나 생각을 깊이 할수록 이것은 새로운 답이 아닌 듯싶었다. 더욱이 지나치게 현실 가치에 중점을 두고 있다는 반성을 했다. 책읽기가 어떤 효과를 불러와야 가치 있는 것은 아니잖은가. 말하자면, 책읽기는 제동장치다. 그러니, 모든 것이 돈이 되어야 대접받는 시대를 성찰하는 데서 참된 의미를 찾아야 한다. 그런데 상상력이 돈이 되는 시대이니만큼 이를 익히고 키워주는 책읽기의 가치를 무시해서는 안 된다고 말하는 게 영 탐탁지 않았다. 다른 답을 찾아야 했다.

질문을 던지고 답을 고심하는 이에게는 벼락같은 행운이 닥쳐오는 모양이다. 어느 날 서경식이 쓴 〈교양 교육 홀대하는 일본의 대학〉이란 칼럼을 읽다 큰 깨달음을 얻었다. 이 글에서 그는 일본의 대학이 20년간 교양 교육을 얕잡아왔다고 말했다. 이유는 우리와 마찬가지로 대체로 도움이 되지 않는 취미로 여겨와서란다. 그렇다면 일본 대학이 내세우는 가치 기준은 무엇인가. 예상할 수 있듯, '취직에 유리한가, 아닌가', '실용적인가, 아닌가'이다. 이같은 현실을 안타까워하며 그는 현대인에게 요구되는 교양은 타자에 대한 상상력이라고 정의 내렸다. 우리가 만약 폭탄 공격을 당하는 쪽의 고뇌와 아픔을 상상할 수 있다면 전쟁에 저항하고 평화를 쌓는 첫걸음을 뗄 수 있을 터이다. 그는 젊은이들이 이러한 기초 능력을 갖추지 못한 채 사회로 나가는 것이 불안하다 말했다(《한겨레신문》, 2005년 7월 19일 자).

아, 나는 아직도 참된 사람이 되려면 멀었구나. 이 글을 읽으며 속으로 맨 처음 뱉었던 말이다. 고작 현실 법칙에서 벗어나는 것을 상상력이라 여겼으니, 내 지적 능력이란 고작 대학 교양 과목의 문학개론 수준에 멈춘 것이 아닌가. 때가 어느 때인가. 초국적 기업이 더 많은 이익을 독점하려고 세계 차원에서 무차별 공세를 펼치고 있지 않은가. 그 엄청난 고통과 폐해를 약하고 가난하고 배운 것 부족한 사람들이 무방비 상태에서 겪고 있지 않은가. 그런데도 나는 한가한 소리나 늘어놓고 있었다.

그렇다면 우리 시대가 요구하는 상상력은 그 의미가 달라져야 마땅하다. 굳이 두 눈으로 확인하고 몸으로 겪어보지 않아도, 사회적 약자나 소수자가 겪는 고통에 공감하고 눈물 흘릴 줄 알도록 이끄는 것이 바로 상상력이어야 한다. 그렇지 않다면, 이 시대에 상상력은 공허해진다. 가진 자가 잠깐 스트레스 풀고자 도락으로 삼는 것이 되고 만다. 타자의 고통에 공감하는 상상력이야말로 양극화를 해소하고 전쟁을 멈추게 하는 작은 힘이다.

그래서 내 생각은 바뀌었다. 디지털 혁명의 시대에도 책은 읽어야 한다. 상상력을 익히고 키우기 위해서다. 그렇다면 그 상상력이란 무엇인가. 바로 겪어보지 않고도 타인의 고통을 이해하고 공감하는 능력이다. 신자유주의는 끊임없이 세계 차원에서 타자를 만들어낸다. '우리'와 다른 것을 타자라 이름 짓고, 그들을 차별한다. 다름 때문에 차별받는 무리는 고통 속에 신음하고 있다. '우리'의 무리에 머무는 한, 그 아픔을 짐작할 수 없다. 하나, 우리가 상상하는 존재라면, 그 고통을 이해할 수 있어야 한다. 자고로, 책 또는 문학은 타자의 고통을 이해하라고 우리에게 귀띔해왔다. 고전의 반열에 오른 작품일수록 억압받고 탄압받는 이의 삶을 그렸다.

책을 통해 타자의 고통을 이해하는 상상력을 키워야 한다는 것은 도정일도 이미 말한 바 있다. 단지 그는 책읽기에 국한하지 않고 예술 일반의 특성으로 확장한 것이 다를 뿐이다. 그는 우리를 지배하는 자본주의 문화는 일종의 나르시시즘 문화라고 하면서 "그런 문화 속에서 자아라고 불리는 단단한 문의 폐쇄화가 끊임없이 일어"난다고 보았다. 이럴 때 절실한 것은 이 껍질을 깨트려주는 상상의 힘이다. 그래서 그는 말한다. "나는 예술이 수행하는 가장 위대한 인문학적 경험은 고통을 이해하는 능력을 키워주는 것이라고 생각합니다"라고(『대담』, 도정일·최재천 지음, 휴머니스트, 2005).

상상력에 대한 사전식 풀이가 오로지 타인의 고통에 대한 이해로 단일화해야 한다고 주장하는 것은 아니다. 현실을 잊고 이질적인 것을 마음껏 누리는 것도 의미 있다. 범부가 살아가기에 현실은 너무 힘들다. 숱한 장애물이 펼쳐져 있고, 힘들게 사다리를 세워놓아도 걷어차이기 일쑤다. 함정은 많고 걸림돌은 널려 있다. 그러니 현실에서 도피할 상상의 공간과 시간을 만들어놓으면 가지 않을 사람이 없다. 과학소설, 환상소설, 추리소설 같은 이른바 장르문학에 빠져드는 이유다. 하지만, 정치적으로 올바른 상상력이 무엇인가 고민하고, 그 능력을 키우려 책을 읽어야 한다는 주장의 무게는 분명히 남다르다.

'해리 포터 시리즈'의 작가 J. K. 롤링도 같은 생각을 하고 있었던 모양이다. 롤링은 2008년 6월 5일 하버드대 졸업식에서 축하 강연을 했다. 이 자리에서 그녀는 실패의 미덕과 상상력의 중요성을 힘주어 말했다. 작가는 실패가 "삶에서 불필요한 것들을 제거해줬다"면서, 실패한 덕에 "스스로를 기만하는 것을 그만두고, 제 모든 에너지를 가장 중요한 일에 쏟기 시작했다"고 말했다. 이혼한 싱글맘에 실업자였던 그녀가 세계적인 베스트셀러 작가로 변신한 사실을 기억한다면 무슨 말인지 금세 이해할 터이다. 작가는 상상력을 일러 "모든 발명과 혁신의 원천이기도 하지만, 내가 직접 겪어보지 못한 타인의 경험에도 공감할 수 있게 하는 힘"이라고 말했다. 상상력의 개념을 새롭게 정의할 수 있었던 데는 작가의 경험이 크게 작용한 것으로 보인다. 20대 초반 국제사면 위원회 본부에서 일한 적이 있는데, 여기서 그녀는 인간이 저지른 사악한 행동에 관한 자료를 보면서 악몽에 시달렸다고 한다.

다행히, 그곳에서 고통만 겪은 것은 아니었다. 그녀는 그 단체에서 일하며 아픔에 공감하는 인간의 놀라운 능력을 발견했노라 말했다. 감옥에 갇힌 적도 없고, 고문받은 적도 없는 평범한 사람이 평생에 걸쳐 직접 만날 일이 없을 '양심수'를 구하려고 동분서주하는 모습에 감동했다. 그녀의 말대로 인간이 다른 생물과 다른 점은 겪어보지 않고도 배우고 이해하는 데 있다. 인간만이 "다른 사람의 마음을 헤아릴 수 있고, 다른 사람들의 처지를 상상할 수" 있는 법이다. (〈타인의 아픔 공감하는 상상력이 세상 바꾼다〉, 《중앙선데이》, 2008년 6월 8일자 참조)

왜 이 시대에도 여전히 책을 읽어야 하는가, 라는 질문에 나는 너무 늦게 새로운 답을 얻었다. 군이 정리하자면, 타인의 고통을 상상하는 힘을 키우기 위해서이다. 그렇다면 다시 도전적인 질문을 던져야 한다. 모든 책이 우리를 그렇게 만들어주는가. 그건 아니다. 그렇다면 이제 좋은 책의 개념이 바뀌어야 한다. 고통받는 이의 눈물에 공감하고 함께하도록 이끄는 책이라고 말이다. 아, 우리는 너무 쉽게 둔감해졌다. 소통하고 공감하려는 의지를 너무 일찍 버렸다. 그들이 지르는 신음이 들리지 않는가. 그들이 흘리는 핏물이 보이지 않는가. 그렇다면 다시 우리는 상상하는 사람

이 되려고 애써야 한다. 그러려고 읽는 책이 비로소 가치 있는 시
대를 우리는 살고 있다.

책은
미래다

책벌레로 소문난지라, 책을 읽지 않는 세대에게 왜 책을 읽어야 하는지를 설명해야 할 경우가 왕왕 있다. 개인적으로 이런 자리는 피할 수만 있다면 피하고 싶은 것이 솔직한 심정이다. 벌써 밑천이 떨어져 할 말이 없어서가 아니라, 만고의 진리를 새삼 말해야 한다는 것이 곤혹스럽고 짜증나서이다. 그렇다고 마냥 피할 수는 없는 노릇이다. 지금 상태를 방관했다가는 큰일날 듯한 위기감마저 들어서이다. 한쪽에서는 떠들고 다른 쪽에서는 졸더라도 온 힘을 다해 젊은이에게 책을 읽어야 하는 이유를 침을 튀겨 가며 떠벌린다. 동원할 수 있는 최대의 수사

(修辭)와 호소력 있는 사례를 들어 말하고는 하는데, 그 가운데 이런 내용도 있다.

영상 시대인 오늘날, 책을 읽어야 하는 이유는 부가가치를 만들어내는 생산자가 되기 위해서다. 프랜시스 포드 코폴라 감독이 찍은 〈지옥의 묵시록〉이 그 한 예이다. 이 작품은 조지프 콘래드의 장편소설 『암흑의 핵심』(이상옥 옮김, 민음사, 2000)을 저본으로 삼았다. 소설을 원작으로 한 영화가 한둘이 아닌 마당에 조금 식상한 예가 아니냐고 딴죽 걸 수도 있으리라. 그러나 나는 〈지옥의 묵시록〉은 여느 작품과 다르다고 생각한다. 여기서 잠깐, 원작을 읽지 않은 이를 위해 내가 쓴 독후감의 일부를 실어놓는다.

『암흑의 핵심』을 읽고 느꼈던 실망감은 참으로 오래갔다. 혹 주변에서 〈지옥의 묵시록〉을 이야기할라치면, 바탕이 된 소설보다 영화가 훨씬 낫다고 떠벌렸다. 남들이 명작이니 좋은 책이니 하는 말에 무조건 수긍해야 할 이유는 없다. 시대와 사람에 따라 목록이 얼마든지 달라질 수 있는 법이다. 그런 점에서 내가 『암흑의 핵심』을 평가 절하한 것은 비판받을 일이 아니다(나는 『폭풍의 언덕』도 명작의 반열에 오를 만한 작품이 아니라고 생각한다). 다수가 동의하는 어떤 사실을 논리적 근거를 바탕으로 반박하는 일은 거짓 우상을 파괴하는 지적 즐거움을 안겨준다. 그런데 주의할 점이 하나 있다. 남들이 입을 모아 명작이라 하는 작품에는 분명히 함부로 무시할 수 없는 어떤 요소가 있을 가능성이 크다는 것이다. 내가『암흑의 핵심』을 다시 읽기로 한 이유다. 왜 이 작품을 높이 평가하는 사람이 많은지 이해하려고 다시 읽어보기로 했다. 책읽기의 가치는 남을 이해하는 데 있다. 어차피 책을 쓴 사람은 남이다. 그 사람이 무슨 말을 하고자 했는지 귀 기울이면 나의 세계를 넓혀나갈 수 있다. 나는 다시 읽으며 이번에는 작품을 쓴 작가가 아니라, 그 책을 높이 평가한 사람을 이해하기로 한 셈이다.

『암흑의 핵심』은 엄밀한 의미에서 〈지옥의 묵시록〉의 원작이 아니다. 소설을 영화로 만들 적에 책 내용을 그대로 옮기는 경우는 별로 없다. 대체로 감독의 독창적인 작품 해석이 반영되게 마련이다. 〈지옥의 묵시록〉은『암흑의 핵심』과 시대 및 공간 배경이 전혀 다르다.『암흑의 핵심』은 19세기 말 아프리카 콩고가 그 배경이나, 〈지옥의 묵시록〉은 20세기 베트남전을 배경으로 깔았다. 그러니까 〈지옥의 묵시록〉은『암흑의 핵심』의 구성과 주제 의식만을 영화로 되살려놓은 것이다. 내가 두 번 읽게 된『암흑의 핵심』의 줄거리는 다음과 같다.

말로라는 이름의 바다 사나이가 어릴 적 품은 꿈대로 아프리카 콩고로 떠난다. 직업을 바꾸었나 싶겠지만 그렇지는 않다. '전공'을 살려 선장으로 일하게 되었는데, 전과 다른 게 있다면, 이번에는 "껄렁한 기적이 달린 하찮은 하천 운항용 기선"의 선장이 되었다는 점이다. 용이 이무기 된 꼴이다. 처음부터 일은 꼬였다. 말로가 운행해야 할 배가 크게 파손되었다. 배를 고치는 동안 말로는 중요한 정보를 얻었다. 같이 일하는 사람한테 드문드문 커츠라는 인물에 관한 이야기를 듣게 되었던 것이다. 강을 따라 올라가면 밀림 깊은 곳에 그가 있다는 것과, 그곳에서 상아를 내보내고 있다는 것 등을 알게 되었다. 더욱이 그가 지금은 죽을병에 걸렸다는 것과 밀림의 깊은 곳에서 상식으로는 이해되지 않는 일을 저지르고 있다는 말도 들었다. 나중에 안 일이지만 커츠를 그곳에서 데려오는 일이 말로의 임무였다.

『암흑의 핵심』에는 구체적이고 직설적으로 말해지는 것이 없다. 말로가 콩고에 도착한 이후 무언가 불길한 기운이 도는 듯한 분위기를 피울 뿐이고, 커츠의 진면목 또한 속 시원하게 그려놓지 않는다. 오로지 그에 대한 여러 사람의 무성한 말만 있을 뿐이다. 이런 묘사력 덕에 무언가 큰일이 터질 듯싶은 긴장감이 일어나고 커츠라는 인물에 대한 궁금증이 커진다. 감질나지만 어떻게 할 도리가 없다. 작가의 '복화술'을 읽어내려면 참고 집중할 수밖에 없다. 마침내 말로는 배를 수선해 커츠가 있는 곳으로 가게 되었다. 이쯤 되면, 작품의 제목—늘 그런 것은 아니지만 때로는 제목이 뜻하는 바가 작품의 주제와 일치하는 경우가 있다—을 어느 정도 이해하게 된다. 제국주의를 구가하던 당시의 유럽인에게 아프리카는 문명의 암흑 지대였을 법하다. 그런데 콩고라는 지역은 그 아프리카의 한가운데에 있다. 핵심이라는 말이다. 그러면 책 제목을 다 이해했냐 하면, 그렇지 않다. 말로 일행이 "머리는 바다에 닿고, 꾸부정한 몸뚱이는 멀리 광활한 대륙에 놓여 있었으며, 꼬리는 그 땅의 오지에 감추어져 있"는 강줄기를 거슬러 올라가고 있지 않은가. 도대체 무엇이 숨어 있을지 모르는 밀림의 깊숙한 곳으로 다가가고 있다.

그러니 속단하기에는 아직 이르다. 책 제목이 상징하는 바는 커츠라는 인물을 정확하게 이해할 때 비로소 온전하게 밝혀진다. 그러나 이것이 문제다. 앞서 말한 대로 이 작품 어디에서도 커츠가 무엇을 했고 어떤 것을 노렸는지 뚜렷이 드러나지 않는다. 역시 다른 사람의 증언과 불길한 예감을 풍기는 문장으로 대신하고 있을 뿐이다. 아마도 이래서 내가 영화가 훨씬 낫다고 한 모양이다. 영화에는 커츠 대령이 만든 잔혹한 신세계가 잘 묘사되어 있다. 그럼에도 짐작은 할 수 있다. 커츠가 밀림에 새로운 공동체를 세운 것이 확실하다. 그곳에서 커츠는 자신의 욕망을 방해하는 어떤 행위도 용서하지 않았으며, 토박이를 잔혹하게 다루며 군림했을 터이다. 커츠는 암흑의 상징이다. 우리가 애써 보려고 하지 않지만, 보지 않을 수 없는 인간의 타락한 정신을 대표한다. 여기에 이르면 제목이 뜻하는 바가 무엇인지 뚜렷해진다. 아프리카도, 콩고도, 밀림도 중요하지 않다. 그 먼 길을 돌아 마주한 것은 커츠로 상징되는, 전율하지 않을 수 없는 극히 악마적이며 타락한 본성이다.

『암흑의 핵심』 읽기는 여기서 끝나지 않는다. 도대체 "연민과 과학과 진보"를 "전파하는 사자"였던 커츠가 암흑의 핵심이라는 심연에 떨어진 연유가 무엇인지를 고민해야 한다. 앞에서 제목의 상징성을 해명하기 위해 시야를 아프리카에서 콩고로, 밀림으로, 커츠의 내면으로 좁혀왔다면, 이번에는 정반대로 넓혀야 한다. 그것은 아프리카를 지배하고자 했던 서구의 제국주의적 열망이야말로 암흑의 핵심이었다고 해석할 수 있기 때문이다. 제국의 이익을 위해 어떤 일이 벌어졌는가는 역사가 증명한다. 겉으로는 식민지의 계몽과 발전을 내세웠지만, 그것은 거짓말이었다. 식민지는 정치적·경제적·문화적 종속의 길을 걸었다. 제국의 야욕은 식민지 수탈에 머무르지 않았다. 더 많은 이익을 노린 탐욕 때문에 제국끼리의 전쟁으로 치달았다. 암흑의 핵심에 놓여 있는 것이 광기라면, 이보다 더한 광기는 없다. 서구 문명의 타락을 한 개인의 차원에서 실현한 것이 커츠였다면, 커츠의 악마성은 19세기 서구 제국주의에서 전염된 것이다.

〈지옥의 묵시록〉은 소설을 저본으로 삼았으되, 원작에 발목 잡힌 문예 영화가 아니다. 작품의 주제 의식과 얼개를 빌렸으나, 이를 놀라울 정도로 창조적으로 변형해 소설을 뛰어넘는 또 하나의 걸작을 만들어냈다. 비유하자면, 〈지옥의 묵시록〉은 『암흑의 핵심』을 장대 삼아 도전한 높이뛰기 경기에서 기존의 기록을 깨는 신기록을 세운 꼴이다. 2003년 우리는 이런 경우를 또 한 번 확인했다. 한국 영화의 주가를 한껏 올린 박찬욱 감독의 〈올드보이〉가 그것이다. 널리 알려져 있다시피, 이 영화는 같은 제목의 일본 만화에 빚지고 있으나, 원작의 성취도를 훌쩍 넘어서는 것으로 평가받았다.

코폴라와 박찬욱 감독의 성공은 우리에게 많은 것을 생각하게 한다. 만약 두 사람이 평소 책을 즐겨 읽지 않았다면, 그래서 저본이 된 작품을 만나지 못했다면, 어떻게 되었을까. 물론 두 감독의 역량을 보건대, 창작 시나리오를 바탕으로 훌륭한 작품을 찍을 가능성이 크지만, 지금 누리는 영광은 오랫동안 '유예'되었을 터이다. 그리고 더 중요한 것은 두 감독이 보여준 창조적이고 비판적인 독서 능력이다. 『암흑의 핵심』은 말로가 콩고강 상류의 오지에 들어가 그곳에 자기만의 왕국을 세운 커츠를 만나는 이야기다. 무척 단순한 얼개이지만, 결코 만만한 작품은 아니다. 오지로 떠나는 여행은 인간의 내면, 그러니까 제목이 말하고 있듯 암흑의 핵심에 이르는 것을 가리킨다. 거기에는 타락한 한 인간의 탐욕이 똬리를 틀고 있는데, 여기서 말하는 탐욕은 확장 일로에 있던 제국주의적 야욕을 상징하기도 한다. 코폴라 감독은 작품의 시대 배경을 베트남 전쟁으로 바꿔 미국의 제국주의적 야욕이 저지른 만행과, 거기에 동참함으로써 악마가 되고 만 한 가련한 영혼을 그려낸다. 저본이 된 작품이 담고 있는 주제 의식을 당대적 문맥에서 해석하는 탁월한 독해 능력이 없다면, 실로 불가능했을 일이다.

내가 굳이 두 감독을 예로 들어 이야기하는 데는 특별한 이유가 있다. 우리 사회는 언제부터인가 한 편의 영화가 '대박'을 터트리면, 자동차 몇 대를 수출하는 효과가 있다는 말만 떠들어왔다. 그런 영화를 만들어낼 힘이 어디에서 비롯하는지 일러주지 않았다는 말이다. 나는 이 같은 천박한 의식이 책 읽지 않는 사회를 만들어냈다고 믿고 있다. 문화체육관광부가 2021년 1월 16일 발표한 '2021년 국민독서실태'조사 결과는 우리가 위기 상황에 놓여 있음을 분명하게 보여준다. 이 조사 결과에 따르면, 성인의 연간 종합 독서율은 47.5%이었다. 성인 둘 중 한 명은 1년간 책을 한 권도 안 읽었다는 뜻이다. 성인이 독서하기 어려운 가장 큰 이유는 '일 때문에 시간이 없어서'(26.5%)와 '다른 매체·콘텐츠 이용'(26.2%) 탓으로 나타났다. 학생층도 '스마트폰, 텔레비전, 인터

넷 게임 등을 이용해서'(26.2%)를 가장 큰 독서 장애 요인으로 꼽
았다. 오늘을 분석하고 비판하며, 그것을 디딤돌 삼아 더 나은 세
상을 꿈꾸게 하는 창이 굳게 닫혀버린 셈이다.

　디지털 혁명의 시대에 창의력과 상상력이 부의 원천임은 누구
도 부정하지 않는다. 중요한 것은, 창의력과 상상력을 키워주는
'학교'가 어디냐 하는 점이다. 코폴라와 박찬욱 감독은 자신의 작
품을 통해 우리에게 그 답을 일러주었다. 책이야말로 새로운 시
대가 요구하는 힘을 길러주는 학교라고 말이다. 변화의 파도가
아무리 거세고 높더라도 결코 휩쓸리지 않을 '표어'가 있다. '책은
우리의 미래다'가 바로 그것이다.

'우격다짐'
독서론

지금은 텔레비전에서 볼 수 없는 개그맨이 '우격다짐'이란 코너로 한창 인기를 끈 적이 있다. 말 그대로 우격다짐으로 자기주장을 펼치는데, 적절한 유머가 끼어들어 웃음보를 터트렸다. 그이와 내가 공통점이 있다면 잘생겼다는 점에 있으니(?) 이제는 기억조차 못할 그 개그 형식에 빗대어 왜 책을 읽는지 '강변'해보고자 한다.

첫째, 책읽기는 자전거 타기다

나는 자전거 타기를 좋아한다. 지금도 막 자전거를 타고 와서

이 글을 쓰고 있을 정도다. 평소보다 숨소리가 거칠어진 상태이긴 하지만, 운동을 한 덕에 정신은 번쩍 들었는지라 글 쓰기에는 오히려 좋은 면도 있다. 내가 자전거를 타는 시간대는 주로 식사를 마친 후 20~30분 정도 쉬고 나서다. 점심에 가는 길과, 저녁에 자주 찾는 곳이 다르다. 오후에는 해야 할 일이 있으므로 그리 많은 시간을 투자할 수 없다. 그래서 아파트 사이로 난 길을 따라 마을 끝에 있는 자전거 전용 도로를 달리다 오곤 한다. 걸리는 시간은 대략 30~40분. 저녁에는 운동 삼아 마음잡고 타는 만큼 호수까지 갔다 온다. 가고 오는 시간은 점심때 찾는 곳과 별반 차이가 나지 않지만, 호수를 두 바퀴나 돌고 오다 보니 걸리는 시간은 어림잡아도 60~70분 정도다.

자전거를 타다가 어느 날 갑자기 내가 왜 이 운동을 즐기는지 생각해본 적이 있다. 물론 이런 생각이 들 때 자전거의 속도는 현격히 줄어들게 마련이다. 운동이라기보다는 소요라고 하기에 적당한 속도로 자전거를 몰면서 머릿속에 떠오른 의문을 풀어보았다.

다른 무엇보다 자전거를 타면서 느끼는 속도감과 상쾌함 때문에 나는 이 운동을 좋아하는 듯했다. 특히나 한여름 밤에 자전거를 타노라면, 정말 온몸을 감싸고 있던 덮개가 한 꺼풀 벗겨지는 듯한 착각에 빠지곤 한다. 더위에 지친 몸을 어렵사리 움직여가며 달리노라면, 바람이 가슴에 부딪히며 눈에 보이지 않는 불꽃을 터트린다. 흥미로운 것은, 그 어느 바람도 내가 만들어낼 수 없지만, 자전거를 타면서 맞는 바람은 내가 몸을 움직였기에 느낄 수 있는 바람이라는 점이다. 자전거를 타면 나는 마치 바람개비가 된 듯싶다. 바람개비는 바람이 불지 않아도 돌아간다. 저절로 돌아가는 것이 아니라, 그것을 쥔 사람이 달려가면서 바람을 스스로 불러일으켜 돌아간다.

자전거 타기를 즐기는 두 번째 이유는 건강에 좋아서다. 한방에서 말하는 체질론에 따르면, 나는 전형적인 태음인이다. 이 체질의 문제점은 본능적으로 쌓아두려고만 하지 내보내려고 하지 않는다는 것이다. 무척 어려운 말 같지만, 태음인은 비만이 될 가능성이 크다는 뜻이다. 비만이 '공공의 적'이 된 것은 이미 오래전 일이다. 그렇다 보니 체질에 관한 글을 보면 이구동성으로 땀 흘릴 정도로 운동하라고 권한다.

격렬한 운동을 하라는 말인데, 전형적인 책상물림인 나 같은 사람은 몸을 움직이는 게 귀찮기만 하다. 그러니 자꾸 아랫배가 남산만 해진다. 이거 큰일이다 싶어 운동을 해야겠다고 마음먹지만 태생적으로 몸 움직이는 걸 싫어하다 보니, 살이 빠질 리 없다. 한마디로 악순환이다. 이 악순환의 고리를 깨려면 운동에 재미를 붙여야 한다. 그런데 자전거 타기는 그 자체가 어렵지도 않고 돈이 드는 일도 아니고 특별한 시설을 갖춘 운동장을 요구하지도 않는다. 몸을 안장에 얹고 발로 페달을 구르기만 하면 된다. 이게 별것 아닌 듯싶어도 한 시간가량 타고 나면 땀이 나니, 비록 격렬하지는 않을지언정 몸에 좋은 것만은 분명하다.

그런데 어느 날 자전거를 타고 가다 불현듯 떠오른 또 다른 생각이 있어 아예 자전거를 세운 적이 있다. 갑자기 자전거 타기야말로 책읽기와 같다는 데 생각이 미쳤다. 아이고, 그 사람 직업 못 속이네, 라고 비아냥거려도 할 수 없고, 뭐 거창한 거라도 있나 했더니 별 볼 일 없는 이야기라 무시해도 할 수 없다. 하나, 나는 책읽기와 자전거 타기가 유사하다는 착상에 스스로 만족해 했다. 정말 뛰어난 비유가 아닌가 하고 나 자신을 추켜세웠다. 그럼 어디 한번 그 이유를 말해보라고? 채근하지는 말 것. 그것을 말하려고 이 글을 쓰고 있으니까.

자전거 타기는 자동차 운전과 여러 면에서 비교된다. 현대인은 목표한 지점에 좀 더 빨리 도착하려고 기술을 발전시켜왔다. 그 대표적인 경우가 자동차다. 그런데 자동차 기술의 발전은 속도뿐만 아니라 자동이라는 점도 강조한다(당연히 안전성도 포함되지만, 여기서는 논외로 한다). 세계적인 자동차 회사는 이미 운전자가 손을 대지 않아도 움직이는 자동차 개발에 박차를 가하고 있다. 운전자의 개입을 최소화하는 것을 목표로 하는 자동차는 따지고 보면 영화로 대표되는 이미지 매체와 상당히 유사하다. 눈앞에 펼쳐지는 장면을 그저 보고 즐기기만 하면 된다. 만약 손과 입이 심심하다면, 팝콘을 집어먹으면서 얼마든지 감상할 수 있다.

그러나 자전거 타기는 운전자의 지속적인 개입을 요구한다는 점에서 책읽기와 유사하다. 책을 읽는다는 것은 눈으로 문자를 훑어서 뇌에 입력하는 단순 작업을 일컫지 않는다. 감탄하거나 비판하거나 상상하거나 다른 것을 꿈꾸면서 읽는다. 쓴 사람이 쳐놓은 울타리 안에 갇혀 있는 것이 아니라, 읽는 사람이 주체적으로 씌어 있는 내용을 새롭게 해석하거나 재구성한다. 자전거 배우던 시절을 떠올려보자. 뒤에서 자전거를 잡아주던 아버지가 어느 순간 손을 놓아버린다. 자전거가 옆으로 쓰러지려 할 때 아버지는 페달을 계속 밟으라고 성화를 부린다. 운전자가 적극적으로 개입하지 않으면 안 되는 것이 자전거 타기다. 읽는 이가 적극적으로 참여할 때 비로소 그 최종적 의미가 완성되는 것이 바로 책이다.

영상 매체가 문화의 우세종으로 자리 잡은 지 오래다. 더는 책을 읽지 않아도 되는 듯 떠벌리는 거짓 선지자가 세상을 호도하기도 했다. 이런 시대에 한번쯤 생각해볼 만한 풍경이 가끔 거리에서 연출된다. 비싼 자동차 뒤에 자전거를 싣고 야외나 산으로 가는 사람이 늘어났다. 왜 그들은 굳이 자전거를 타려고 할까. 영상 시대에 책읽기의 가치를 옹호하는 까닭은, 도로가 자동차로 넘쳐나는 이 시대에도 여전히 자전거를 즐겨 타는 이유와 비슷하다.

둘째, 책읽기는 이종범이다

이종범 씨는 남다른 재주가 많은 야구 선수다. 아, 요즘은 그분의 아들인 이정후 선수가 더 유명하지만, 나의 '팬심'을 살려 이종범 선수를 예로 들겠다. 잘 때리고 잘 잡는 그의 플레이는 관중의 사랑을 받을 만하다. 하긴, 일본에 건너가서 실력을 제대로 발휘하지 못해 그 빛이 바랜 면도 있지만, 귀국한 다음 보여준 그의 화려한 플레이는 옛 명성을 되찾을 만하다. 책읽기 이야기를 하다 뜬금없이 야구를 말하니, 독서와 이종범이 무슨 관계가 있나 궁금할 터이다. 나는 지금 이종범 선수의 장기 하나를 말하지 않음으로써 호기심을 자극했다. 그는 발이 빠른 선수다. 그래서 1루타성 안타로 2루까지도 간다. 그리고 도루를 자주 감행한다. 이것은 두 가지의 파생 효과를 낳는다. 첫째는 한 개의 루를 거저 얻는다는 점이다. 안타 치기가 어디 쉬운 일이던가. 그런데 죽어라 뛴 덕에 한 루를 더 간다면 그것보다 즐거운 일이 어디 있겠는가. 다른 하나는 발 빠른 주자가 루에 나가 있으면 투수의 집중력이 현격히 떨어진다는 점이다. 언제 도루할지 모르다 보니 주자 견제하랴, 타자하고 승부하랴, 투수가 정신이 없다. 발이 빠르면 수비에서도 빛을 발한다. 안타성 타구도 빠른 발을 이용해 잡아내기 일쑤이다. 잘 쳐낸 공도 잡혀 허탈해하는 타자를 떠올려보면 이 말을 쉽게 이해할 수 있을 성싶다.

야구는 때리고 잡는 것을 집중적으로 가르친다. 그래서 많은 선수는 때리고 잡는 것만 땀 흘리며 연습한다. 하지만 정작 훌륭한 선수는 잘 때리고 잘 잡을 뿐만 아니라 빨리 달리기도 한다. 그렇다면 달리기는 어디서 배울까. 그것은 야구만의 영역이 아니다. 모든 스포츠가 요구하는 기본기이다. 말하자면 체육의 영역이다. 영상이나 디지털매체는 때리고 잡는 능력을 키워주는 격이다. 오늘의 우리 삶을 반성하고 새로운 세계를 꿈꾸는 책읽기는 잘 달리는 기본기에 해당한다. 잘 달리면 게임을 훨씬 유리하게 끌어갈 수 있다고 했지 않은가. 정보 홍수 시대에 가치 있는 정보를 검색할 수 있는 가장 기초적인 능력은 책읽기에서 길러진다. 이종범의 존재는 책읽기의 유효성을 설명하는 데 적절한 예가 된다.

셋째, 책읽기는 착하다

여러 해 전, 포항에 갈 일이 있었다. 거기만 달랑 들르기에는 시간과 돈이 아까워 부산을 일정에 넣었다. 부산에 있는 영산대에서 교편을 잡은 배병삼 교수를 만나는 자리에 김용석 교수가 나와주셨다. 어떤 주제가 나오든 해박한 지식으로 풀어나가는 두

고수의 '말의 향연'을 지켜보는 것은 황홀한 경험이었다. 이야기가 무르익는 과정에서 '왜 책을 읽어야 하는가'를 주제로 삼게 되었다. 이때 김용석 교수가 한 말이 눈먼 장님의 눈을 뜨게 하는 기적과도 같은 깨달음을 안겨주었다. 이야기인즉슨 이렇다.

김 교수 가라사대, 철학자의 관점에서 볼 적에 선한 것과 악한 것을 가릴 수 있는 잣대가 있단다. 그냥 놔두어도 저절로 이루어지는 것은 악한 일이고, 애를 써서 해야 겨우 이루어지는 것은 선한 일이란다. 역시 철학자답게 주장만 한 것이 아니라, 뒷받침할 근거를 제시했다. 청소하는 것보다 안 하는 것이 편안하다. 청소를 안 하면 방 안에 먼지가 가득 쌓인다. 먼지가 많으면 건강에 해롭다. 그러니까 청소를 안 하는 것은 악한 것이고 청소하는 것은 선하다. 예는 얼마든지 들 수 있다. 운동하는 것보다 안 하는 것이 편하다. 몸을 움직이는 것이 여간 귀찮은 일이 아니지 않던가. 운동을 안 하면 건강이 나빠진다. 마흔 줄을 넘어섰다면 성인병에 걸리기 쉽다. 당연히 운동을 안 하는 것은 악한 것이다.

책 읽는 것은 보통 괴로운 일이 아니다. 알지도 못하는 말이 나와 읽는 이를 괴롭히는 경우가 다반사이고, 그동안 자신의 삶을 지탱해준 세계관을 정면으로 비판하는 책을 만나면 뒤통수를 호되게 맞은 듯 당황하기도 한다. 표현이 매우 고상한 듯싶다. 막말로 해보자, 책을 보느니, 누워서 텔레비전을 보거나 팝콘 먹으며 영화를 보는 게 훨씬 편하다. 아무리 지식으로 무장한 사람이라도 긴장을 풀고 오락 프로그램을 보다 보면, 절로 입이 벌어지고 침 흘리며 실실 웃게 되어 있다. 영화야 말하면 무엇 하랴. 감히 상상도 못 해본 일이 화면 곳곳에서 펼쳐지니, 어느 영화 광고대로 와서 즐기기만 하면 된다. 하지만 어디 책이 그렇던가. 무슨 말인지 꼼꼼하게 따져보며 읽어야 하고, 슬쩍 숨겨놓았던 것이 어디서 고개를 들어 반전을 일으키는지 두 눈을 부릅떠야 한다(오죽하면 복선이라는 문학 용어가 다 있겠는가).

책읽기는 괴롭다. 밥숟갈에 먹을거리를 떠서 입에 넣어주는 장르가 결코 아니다. 하나, 책읽기는 우리를 자극하고 성장시킨다. 사전을 뒤적여보게 하고, 다른 책을 참고하게 하며, 상징하는 바는 무엇인지 생각해보도록 자극한다. 더욱이 책은 그것을 읽으며 상상하게 한다. 책은 스스로 완결된 구조를 갖추지 않았다. 읽는 이가 책을 덮으며 그 의미를 정의할 때 비로소 완결된다. 괴롭지만, 두루 얻는 게 많은 것이 책읽기다. 그렇다면, 단언할 수 있지 않은가. 책읽기는 선한 일이고, 책 읽지 않는 것은 악한 일이다.

넷째, 책읽기는 러셀의 자서전이다

얼마 전 그 유명한 러셀의 자서전을 읽었는데, 이 책이 명성을 얻을 만하다는 것은 서문만 읽어도 금세 확인할 수 있었다. 러셀은 서문에서 자신의 인생을 지배한 세 가지 열정을 털어놓았다. 사랑에 대한 갈망, 지식에 대한 탐구욕, 인류의 고통에 대한 참기 힘든 연민이 그것이었다. 사랑에 탐닉한 것은 지독한 외로움을 덜어주었기 때문이란다. 물론, 희열도 만끽할 수 있었다. 사랑만큼이나 빠져들었던 것은 지식에 대한 열망이었다. 사람의 마음을 알고 싶었고, 하늘의 별이 왜 반짝이는지 궁금했으며, 피타고라스를 이해하고 싶었다 한다. 사랑과 지식이 러셀을 천국으로 이끌었다면, 연민은 "지상으로 되돌아오게 했다". 러셀은 가난하고 소외되고 핍박받는 사람의 편에 서고자 했다.

거인 러셀을 버티게 한 세 기둥을 내 것으로 만드는 데 결정적인 도움을 주는 것은 바로 책읽기다. 책은 사랑을 가르쳐준다. 상상하는 것이란 남의 마음을 이해하는 것의 다른 이름이다. 책은 지식을 얻는 가장 좋은 매체다. 우리가 지금껏 책을 읽지 않았다면 어떻게 지식을 얻었겠는가. 읽은 만큼만 알 뿐이다. 책은 연민의식을 키워준다. 내 삶의 토대와 다른 이의 고통을 절절하게 담아 우리의 눈물샘을 자극하고 있어서다. 결국 러셀의 삶 자체는 책읽기의 가치를 증명하며, 무엇이 참된 삶인가를 일러준다. 이왕사는 바에야 악한 짓을 저지르는 것보다 선한 일을 즐기는 것이 좋지 않겠는가. 그리고 사랑과 지식과 연민을 추구하며 사는 게

행복하지 않겠는가. 이 말에 동의한다면 감히 말하노니, 책을 읽
어야 하리라.

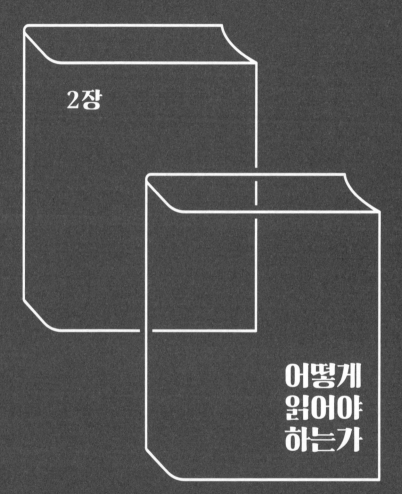

2장

어떻게
읽어야
하는가

책읽기는 괴롭습니다. 밥숟갈에 먹을거리를 떠서 입에 넣어주는 장르가 결코 아닙니다. 하나, 책읽기는 우리를 자극하고 성장시킵니다. 사전을 뒤적여보게 하고, 다른 책을 참고하게 하며, 그것이 상징하는 바는 무엇인지 생각해보도록 자극합니다. 더욱이 책은 그것을 읽으며 상상하게 합니다. 책은 스스로 완결된 구조를 갖추지 않습니다. 읽는 이가 책을 덮으며 그 의미를 정의할 때 비로소 완결됩니다. 모든 사람에게 두루 통하는 독서법이란 없습니다. 읽거나 들은 방법 가운데 설득력 높은 것을 골라내 직접 실천해보면서 자신에게 맞는 독서법을 찾아내야 합니다.

조선 시대의 책벌레,
이덕무

조선시대에 이덕무라는 선비가 있었다. 이 분이 오늘로 치자면 책벌레로 유명했는데, 지금 들어봐도 흥미로운 이야기를 많이 남겼다. 이덕무는 서자였던지라 세속적인 의미의 출세에는 애당초 한계가 있었다. 학자풍의 군주인 정조의 사랑을 듬뿍 받았지만 규장각의 검서관(檢書官)이나 현감으로 만족해야 했다. 그러기에 책읽기에 더욱 매달렸는지도 모르겠다. 세상에서 헛된 이름을 얻으려고 시간을 허비하기보다는 우주와 세계의 이치가 적혀 있는 책의 세계에 깊이 몸담았던 것이리라.

이덕무의 책읽기에 얽힌 일화 가운데는 눈시울이 뜨거워지는 대목이 여럿 있다. 책을 벗하는 선비에게 부귀가 따를 리 없었다. 작은 띠집에서 살았던 모양인데, 한겨울에는 무척 추웠다. 입김을 불면 성에가 일어나고, 벽면에 언 얼음에 얼굴이 비칠 정도였다고 한다. 어느날 한밤중에 하도 추워 『한서』한 질을 이불 위로 덮어 추위를 막았다고 한다. 그날 저녁 그렇게 하지 않았더라면 얼어 죽었으리라 남 말 하듯 한다. 다른 날에는 한 모퉁이에서 매서운 바람이 불어와 등불이 크게 흔들렸단다. 바람을 막아야겠는데, 당장 방법이 없어 고심하다 꾀를 하나 냈다. 『논어』한 권을 세워서 바람을 막았는데, 그게 효과가 있었단다. 이쯤에서 신세타령할 법도 하건만, 이덕무는 고비를 잘 넘겼다며 스스로 대견해한다. 실력 있는 학자가 그 정도로 가난할 수밖에 없는 상황에 울화가 치밀면서도, 그런 현실을 탓하지 않고 책읽기를 게을리하지 않은 서슬 퍼런 정신에 존경의 마음마저 일어난다. 그 글 끝에 이덕무는 "왕장은 병중에 소 등에 씌우는 거적을 덮었고 두보는 말 등에 까는 담요를 덮었으니 그보다 낫지 않은가(『책에 미친 바보』, 「내 작은 띠집에서」, 미다스북스, 2004)"라고 했다. 아, 결코 따라갈 수 없는 이 높은 자긍심이라니!

이덕무는 자신을 일러 '책에 미친 바보(看書痴)'라 했다. 같은 제목의 글에 보면, 목면산 아래에 어리석은 사람이 살았는데 말씨는 어눌하고, 성품은 졸렬하고 게을러 세상일을 알지 못한다 했다. 남들이 욕해도 변명하지 않았고, 칭찬해도 잘난 척하지 않았으며, 오직 책 보는 일만을 즐거움으로 삼았기에 춥거나 덥거나 배고프거나 병드는 것에도 전혀 아랑곳하지 않았다고 한다. 책 좋아하는 사람이라면, 이덕무의 심정을 충분히 이해하고도 남으리라.

정치적으로나 경제적으로나 불우했기에 이덕무의 글에는 뜻을 펴지 못한 선비의 좌절감이 스며 있다. 일종의 짧은 자서전이라 할 만한 「나 이덕무는」에서는 가난하면서도 세상의 어려운 사람에게 은혜를 베풀었다 했고, 어리석고 둔해서 한 권도 제대로 이해하지 못하는 주제에 경전과 역사책과 이야기책을 두루 읽으려 했다고 자평한다. 이 말 뒤에 "이는 세상 물정을 모르는 사람이거나 바보다. 아, 이덕무야! 아아, 이덕무야"라는 구절이 나오니, 읽는 이의 마음마저 아파온다. 자신을 책만 읽는 바보라 스스로 깎아내리지만, 이덕무는 결코 손에서 책을 놓지 않았다.

꿈 이야기도 흥미로운데, 이런 내용이다. 키가 큰 장부가 이덕무의 귀에 대고 말했단다. "너는 한숨짓는 것을 버려라." 이덕무는 뜨끔했으리라. 한이 많았을 테니까. 마음을 다잡고 "말씀대로 하겠습니다"라고 답변했다. 대화는 계속 이어진다. "성내는 버릇을 버려라." "시기하는 것을 버려라." "자만심을 버려라." "조급한 성질을 버려라." "게으름을 버려라." "명예에 대한 마음을 버려라."

그 귀신 참 주문도 많다. 속병 든 사람이 품을 수 있는 마음을 죄다 버리라고 하니 말이다. 그럴 때마다 이덕무는 흔쾌히 "말씀대로 하겠습니다"라고 답변했다. 그러나 마지막 주문에는 반발했다. 장부가 말하기를 "서책을 좋아하는 마음을 버려라" 하였다. 이 말을 들은 이덕무는 어이가 없어 뚫어지게 쳐다보다가 이렇게 말했단다. "책을 좋아하지 않으면 저는 그럼 무엇을 해야 합니까? 저를 귀머거리와 장님으로 만들려 하십니까"라고. 그러자 장부가 이덕무의 등을 어루만지며 말했다. "잠시 자네를 시험해본 것이라네." 평생에 걸쳐 "다른 사람이 쓴 잘된 글을 읽을 때면 미친 듯이 소리치고 크게 손뼉 치며 그 글을 내 나름대로 평가했으니, 이것 또한 우주 가운데 한 가지 유희"라고 했던 인물다운 반응이다.

책 읽는 것을 업으로 삼다시피 했으니, 책을 제대로 잘 읽는 방법을 모를 리 없다. 책을 볼 적에 서문, 범례, 저자, 교정자 그리고 권질(卷帙)이 얼마만큼이고, 목록이 몇 조목인지 살펴 책의 체제를 구별하라 했다. 또한 의심나는 사항이 있으면 곧바로 유서(類書)나 자서(字書)를 자세히 참고하라고 했다. 글을 읽을 적에 어려운 대목이 있으면 적어두었다가 반드시 물어보라는 말도 했다. 오늘에도 귀담아 들을 만한 말이다(「책을 보는 방법에 대하여」).

경서를 읽을 때에는 어떠해야 하는지도 말한다. 그 첫째는 경문을 외워야 하고, 둘째는 여러 사람의 학설을 다 참고해 같은 점과 다른 점을 구별해서 장단점을 비교해야 한다. 셋째는 깊게 생각해서 의심나는 것을 풀이하되 자신감을 품지 말고, 넷째 밝게 분별해서 그릇된 것을 버리되 감히 자신만 옳다고 여기지 말아야 한다. 여기에 "배우고 생각하지 아니하면 어둡고, 생각하고 배우지 아니하면 위태롭다"는 『논어』의 구절을 덧붙이면 완벽한 독서론이 될 성싶다.

이덕무의 글은 도서관의 역할과 중요성도 일깨운다. 책 살 돈이 없으면 구해서라도 읽어야 했으니, 굶주린 사람에게는 돈 주는 것이 구제라면, 선비에게는 책 빌려주는 것이 같은 행위라는 주장이다. 「윤가기에게 1」에서 그는 "책을 빌려주는 것은 바로 천하의 큰 보시(布施)라네"라고 말했다. 그때 일반인도 자유롭게 이용할 수 있는 도서관이 있었다면, 이덕무의 한탄은 나오지 않았을 터이다.

이덕무의 글을 읽다 보면 오늘의 책벌레 자존심을 건드리는 이야기가 여럿 나온다. 대표적인 글이 「내가 그려본 나의 모습」인데, 여기에 맥망(脈望)이라는 벌레가 나온다. 이 벌레는, 정말 말그대로 벌레인 주제에, 신선(神仙)이라는 글자만 파먹는다고 한다. 신통한 노릇이 아닐 수 없다. 이 정도면 벌레가 아니라 신선이라 해야 마땅할 듯하다. 「책벌레만도 못해서야」라는 글에는 추국(秋菊), 목란(木蘭), 강리(江蘺), 게거(揭車) 등의 글자를 갉아 먹는 흰 좀

벌레 이야기가 나온다. 이덕무가 자꾸 글자 파먹는 벌레를 잡아 죽일까 하다가 "그 벌레가 향기로운 풀만 갉아 먹는 것이 기특하게 여겨져" 사로잡으려 했단다. 하물며 벌레도 책에서 신선이나 향초 글자만 골라 먹는데, 나는 과연 책에서 무엇을 읽고자 했는가 생각하니, 얼굴이 화끈거린다.

도대체 이 재미있는 이야기를 어디서 볼 수 있는지 궁금한 이라면 『책에 미친 바보』를 읽어보라. 거기에 '책에 신들린' 이덕무의 삶이 오롯이 담겨 있다.

마치 칼이 등 뒤에 있는 것처럼 읽어라

어느 날 불현듯 떠오른 생각이 하나 있었다. 주자가 살아 있을 적에 제자와 나눈 대화를 기록한 책인『주자어류』에 '독서편'이 있는데, 제목대로 책읽기와 관련된 내용은 아닌지 확인해보아야겠다 싶었다. 서점에 나갔더니『주자어류』번역본이 몇 권 있는데 양이 만만치 않았다. 무엇부터 꺼내 검토해볼까 하다가, 그 옆에 꽂혀 있는『주자서당은 어떻게 글을 배웠나』(청계, 1999)라는 책을 보았다. '송주복 지음'이라 되어 있어 지은이가 주자서당에서 학습하는 모습을 복원했나 싶어 망설이다 서가에서 꺼내 표지를 살펴보았더니, 한구석에 '주자어류 독서법

역주와 해설'이라 되어 있었다. 판권에는 "이 글은 『주자어류』 권 10 『독서법 상』과 권11 『독서법 하』를 온전히 번역하고 해설한 것이다"라고 밝혀놓았다. 순간, 이거 횡재했군, 하는 생각부터 들었다. 『주자어류』를 다 읽지 않아도 목적한 바를 이루게 되었다는 도둑놈 심보가 발동했던 셈이다.

주자는 어떤 식으로 책읽기를 가르쳤을까? 책을 다 읽고 나서 느낀 소감을 먼저 말하자면, 일견 새로울 게 없으나 곱씹어보니 그 하나하나가 너무나 값진 잠언이었다, 라고 할 수 있겠다. 주자가 누구던가. 당대 최고의 철학자이자, 그의 이름을 빼고서는 동북아 철학사를 쓸 수 없는 대학자 아니던가. 비록 어록을 모아놓아 체계성이 부족하다는 단점은 있으나, 그런 만큼 현학적이지 않고 자상하면서도 깊이 있는 말로 이루어져 있었다.

이 책에 제일 먼저 나온 구절은 "독서는 배우는 사람의 두 번째 일이다". 맨 앞에 너무 도전적인 글이 씌어 있어 당혹스러울 터이다. 상식으로 보면 옛사람에게는 독서가 배우는 사람의 첫 번째 일일 법한데, 왜 두 번째라고 했을까. "일반적으로 사람이 태어나면서 갖는 도리는 선천적으로 완전하게 구비된 것이지만, 독서해야 하는 까닭은 대체적으로 우리가 아직 충분히 도리를 경험하지 못했기 때문이다. 성인은 많은 것을 경험을 통해 이해하였고, 그래서 그 이해한 것을 책에 기록하여 사람들에게 보여준 것"이란다. 도리는 이미 주어졌는데, 아직 그 실체를 우리가 모르므로 책을 읽어 그것을 깨달아야 한다는 말이다. "독서는 단지 충분한 도리를 이해하려는 행위이다. 이해하고 나면, 결국 그 이해한 모든 도리들은 자신이 선천적으로 가지고 있던 것이지, 자기의 외부로부터 굴러들어와 첨가된 것이 아니"라는 뜻이다.

앞 대목의 고비만 넘기면 다음부터는 그리 어렵지 않다. 구구절절 옳은 말씀이라 밑줄 긋기 바쁜데, 때로는 죽비로 읽는 이의 무뎌진 감수성을 모질게 두드리는 구절도 만나게 된다. "글을 볼 때는 모름지기 (……) 마치 칼이 등 뒤에 있는 것처럼 해야 한다"라는 구절을 읽으며 나는 전율했다. 때로는 의무감으로, 때로는 권태감에 사로잡혀 억지로 책을 읽은 경험이 있던 내게는 정말 정신이 퍼뜩 드는 말이었다. 이런 구절은 매우 많아 일일이 소개하지 못할 정도인데, 글을 읽을 때는 "맹장이 병사를 운용할 때 단한 번의 진으로 온 힘을 다해 끝까지 싸우는 것처럼", "인정 없는 가혹한 형리가 형을 다스릴 때 (범죄 사실을) 끝까지 추궁하여 결코 범죄자를 용서하지 않는 것처럼" 해야 한단다.

살다 보면, 예나 지금이나 크게 달라진 게 없다는 생각이 들 때가 왕왕 있다. 주자의 글에서도 그런 점을 느낀다. "열 번도 읽어 보지 않고 이해할 수 없는 글이라고 말한다"라는 구절이나, "서책을 놓았을 때 가슴속에 책의 의미가 하나도 남아 있지 않다"라는 말은 옛사람에게 한 말이라기보다는 외려 오늘의 사람이 들어야 할 꾸지람 같다. 동과 서가 서로 다를 바 없다는 느낌이 들 때도 있는데, 플라톤의 주장과 유사한 대목이 나온다. "지금 배우는 사람들은 기억하지도 못하고 또한 언제나 단지 필묵이나 문자에 기대기 때문에 더욱 잊어버리게 된다"라는 구절이 그것이다.

이즈음에는 책 읽는 방법이 예전과 크게 달라졌다. 필요한 정보만을 가려내 읽는 독서법도 널리 이야기된다. 이런 것을 무조건 나쁘다고 할 수는 없는 노릇이다. 쏟아져 나오는 책의 양이 예전과는 비교할 수 없을 정도로 많은 마당에 그에 걸맞은 읽기 방법이 나와야 하는 건 당연하다. 하지만 기본을 잊어서는 안 되는 법이다. 어떤 독서법이 인기를 끌더라도 결코 훼손되어서는 안되는 근본적인 정신이 있다는 뜻이다. 주자는 그것을, 요샛말로 표현하면, '깊고 느리게 읽기'로 정의했다.

책읽기는 마치 과일 먹는 것과 비슷하다. "처음에 과일을 막 깨물면 맛을 알지 못한 채 삼키게 된다. 그러나 모름지기 잘게 씹어 부서져야 맛이 저절로 우러나고, 이것이 달거나 쓰거나 감미롭거나 맵다는 것을 알게 되니, 비로소 맛을 안다고 할 수 있다."했으니, 누군가와 책 이야기를 하게 되면 꼭 인용하고 싶은 구절이다. 이런 빛나는 비유가 여러 군데 나오는데, 책읽기가 마치 약을 먹는 것과 같다는 내용도 눈길을 끈다. "한 번 복용하고 어떻게 병이 나을 수 있겠는가? 모름지기 복용하고 또 복용하고 여러 번 복용한 뒤에나 약의 효능이 저절로 생기게 된다"고 말했다.

이 책의 고갱이에 해당하는 내용을 정리하자면 이렇다. 그 첫째는 실천하라. "배우는 사람은 들은 것이 있으면 모름지기 바로 행해야 한다"고 하였는데, 너무나 익숙한 이 말을 우리는 실행하지 못하고 있다. 또 하나는 비판적 독서야말로 가장 귀하다는 말이다. "진정 선배들을 망령스럽게 논의하는 것은 옳지 않지만, 그렇다고 그들의 행위의 옳고 그름을 논하는 것이 어찌 해가 되겠는가! 진정 근거도 없이 주장을 펴는 것은 옳지 않지만, 독서하면 의심이 생기고 어떤 견해가 생기니, 어쩔 수 없이 주장을 펴지 않을 수 없다"고 한다. 그럼, 어떻게 해야 비판적으로 책을 읽을 수 있을까? 주자 가라사대, "여러 학자의 주장을 정밀하게 살펴서 서로 비교하고 아울러 그 옳음을 추구하다 보면 합당하게 분별되는 상태가 저절로 생길 것이다".

옛것의 가치를 함부로 깎아내리는 시대다. 그러나 주자의 글을 읽다 보면, 그것은 가치 없는 것이 아니라, 우리가 어리석어 잊어버린 소중한 것이라는 사실을 새삼 깨닫게 된다. 『주자서당은 어떻게 글을 배웠나』에서 오늘에도 여전히 유효한 옛사람의 지혜를 만나게 된다.

각주와 이크의
책읽기

책 제목으로 쓰는 바람에 '이권우표' 독서론
이 된 것이 있다. 개인으로는 큰 영광인데, '각주와 이크의 책읽기'
가 바로 그것이다. 본디 한 인터넷 서점 웹진에서 청탁이 들어와
서둘러 썼던 글에 붙인 제목이었다. 홍대 앞을 걸어가고 있는데 전
화가 불쑥 왔고, 글 쓸 시간은 너무 짧았다. 주제는 독서 일기. 일견
뻔한 주제라 무엇을 써야 하나 고민하다 퍼뜩 아이디어가 떠올랐
다. 약속을 서둘러 마치고 집으로 돌아와 써 내려갔다. 이럴 때 글
쓰기는 행복한 일이 된다. 봇물이 터진다는 말이 무슨 뜻인지 몸소
겪기 때문이다. 제목 덕에 책이 언론에 크게 보도되었고, 주변에서

읽어보았다는 사람도 자주 만났다. '이크'가 전통 무예 태껸의 기합 소리인 줄 알았다며 너스레를 떠는 이도 있었다.

어찌 보면 새로운 내용이 아닐 수도 있다. 익숙한 것을 낯설게 표현해 주목받았을 수도 있다. 독서론의 대가라 할 만한 모티머 애들러의 표현에 빗대면, 그것은 깨달음을 위한 읽기의 다른 표현이다. 그럼에도 나는 '각주와 이크의 책읽기'라는 표현이 애들러 것보다 더 근본적인 문제를 건드렸고, 오늘의 독자에게 더 호소력 있다고 자평한다. 물론 실제적인 내용도 다르다. 남의 것을 내 것인 양 포장하는 것은 비난받아 마땅하나, 남의 것을 오랫동안 품었다가 자기만의 것으로 내뿜는 것은 칭찬받을 만하다고 여긴다. 스스로 반성하는 것은, 그 이후 더 날렵하면서도 깊이 있는 독서론을 만들어내지 못했다는 사실이다. 책 읽는 것이 한때의 유행이 되지 않고, 삶의 한가운데 굳건히 자리 잡게 하려면 책 읽는 이유를 논리적이면서도 감성적으로 잘 설득할 수 있어야 한다. 책 안 읽는다는 아우성이 터져 나올 적마다 내가 '직무태만'을 저지른 게 아닌가 싶어 송구스럽다.

새롭게 쓰기보다는 그 글의 고갱이만 인용하려 한다. 이미 널리 알려진 데다, 앞뒤로 있는 글은 40대 초반의 치기가 담겨 있어서다. 나이 들면 더 원숙한 글을 쓰고 싶어진다. 발랄한 문제의식이야 여전하기를 바라지만, 기왕이면 진정성이 더 무게 있게 깃

들기를 바라기 마련이다. 직업으로 책 읽는 사람에게 자신만의 독서론이 있다는 것은 영광스러운 일이다. 하나, 어찌 이런 일이 나 같은 이에게만 있겠는가. 뭇 책벌레에게도 이런 행운이 있기를 기원한다.

책을 읽는 이유와 유형은 크게 두 가지가 있다. 그 히니는 이름하여 '각주(胸註)의 독서'다. 이 말을 이해하려면, 먼저 각주의 사전적 풀이부터 찾아보아야 한다. 남영신의 국어사전을 보면, 각주란 "본문의 어떤 부분을 보충하여 설명하기 위하여 본문의 아래쪽에 베푼 풀이"라 되어 있다. 이 풀이에서 '보충'이라는 낱말에 주목해야 한다. 각주에는 글쓴이가 인용한 대목이 어느 쪽의 어느 부분에 있는지를 밝힌 서지 사항도 포함하는데, 여기서는 이것을 제외한다.

글쓴이는 일반적으로 본문에서 자신이 하고픈 말을 다 한다. 하지만 글이라는 게 묘한 구석이 있다. 자신의 논리를 더 강조하고 더 풍요롭게 하고 싶어 어느 단락엔가 꼭 집어넣고 싶은 글이 전체 얼개에서 보면 마뜩잖을 때가 왕왕 있다. 고집 센 글쓴이야 전체 글 모양새가 어떻게 되든 이런 부분을 본문에 우격다짐으로 집어넣지만, 유려한 문체와 단락의 완성도를 더 치는 글쓴이는 과감하게 뺀다. 그러나 빼고 보면 아쉬워지는 게 글이다. 이럴 때는 각주를 이용하면 좋다.

'예를 들면'이라든지, '다른 누군가가 이미 말한 바이지만' 같은 글을 앞에 넣어 자신의 주장을 보충한다. 이 정도면 이미 '각주의 독서'가 무슨 의미인지 눈치챘을 터이다. 자신의 세계관과 감성을 옹호하고 보충하고 지지하는 책을 읽는 행위가 바로 각주의 책읽기다. 이 경우는 주로 세대론적 책읽기에서 쉽게 확인할 수 있다. 그 책이야말로 우리 세대의 감성을 반영했다 라든지, 우리 스스로 미처 알지 못했던 우리만의 정체성을 충격적으로 드러낸 책이라는 상찬을 받는 경우가 여기에 속한다.

기실 일반적인 책읽기는 대부분 각주의 책읽기다. 한 편의 논문에 수많은 각주가 주렁주렁 매달려 있듯, 기존의 세계관이나 가치관을 적극적으로 옹호하고, 그것의 가치를 높이 평가해주는 책을 읽는 경우이다. 이 책읽기는 정체성을 확인하고, 자신의 논리를 강화해준다는 점에서 강점이 있다. 하지만 이런 책읽기에는 결정적인 맹점이 있다. 편견으로 가득 찬 완고한 성채에 자신을 가둘 수도 있다는 점이다. 책읽기는 기본적으로 대화의 장이다. 우리가 대화에 거는 기대는, 이제는 죽은 개 취급을 받는, 변증법적 발전에 있다. 내가 정(正)을 이야기하면 상대방은 반(反)을 내놓을 터이고, 이 과정을 거치다 보면 서로가 합(合)의 상황에 이르게 된다. 변증법의 논리에 따르면 합은 발전이다. 하지만 각주의 책

읽기는, 대화에 비유하면, 독백에 해당한다. 더 깊어지고 더 넓어 지기에는 근본적으로 한계가 있다.

두 번째는 이름하여 '이크의 책읽기'이다. '이크'라니 이것이 뭔 말인가 할 텐데, 그 뜻을 『연세 한국어 사전』에서 찾아보면 "이크 : 감탄사. 놀라서 급히 멈추거나 피할 때 내는 소리를 나타냄. 예) 이크! 이게 뭐야! / 용길이는 논두렁을 더듬어나가다가 별안간, '이크!' 깜짝 소스라치며 뒷걸음질 쳤다"라고 되어 있다. 여기서 관심을 기울여야 할 부분은 '놀랐다'이다. 가만히 보면 이 감탄사 는 요즘에는 잘 쓰지 않는 듯싶다. 그런데 내가 어릴 적에는, 아휴 내가 새가슴이어서 그랬는지, 참 많이 썼던 말이다. 우리가 이크! 할 때는 사전적 정의대로 놀라서일 때인데, 나는 그것을 지적 충 격을 함축한 단어로 본다. 예를 들면 이렇다. "이크! 이것도 모르 고 있었네"라든지, "이크! 이건 내가 미처 생각해보지 못했던 거 아니야" 하고 말하는 경우다. 다시 생각해보니, 나는 이 말을 참 많이 하는 듯싶다. 물론, 입 밖으로 소리 내어 말한 적은 거의 없 다. 주로 책을 읽다 속으로 내뱉는 말이다.

나는 호들갑을 잘 떠는 편이다. 특히 좋은 책을 읽으면 가만있 지 못하는 부류에 든다. "그 책 읽어봤니, 뭐 안 읽었다고, 어떻게 아직도 그 책을 안 읽을 수 있니, 너는 읽었니. 어 읽었다고, 어떻 디. 그래 어쩜 나랑 생각이 같니, 정말 미처 몰랐던 것을 알게 됐지, 그치, 어 너도 읽었다고, 그런데 나랑 생각이 다르네, 너는 왜 그렇게 생각하니, 아하 그렇구나. 그 대목을 내가 눈여겨보지 않았구나" 하며 소란한 수다로 가까운 이를 괴롭힌다. 하긴, 어찌 나만 하는 짓이겠는가. 책을 좋아하는 대부분의 사람이 그러하리라. 내가 좀 정도가 지나칠 뿐이지.

그렇다고 모든 책을 읽고 이렇게 호들갑을 떨지는 않는다. 읽다가 속으로 이크, 하고 소리 지를 만큼 지적인 충격을 준 책을 가지고 세상을 시끄럽게 만드는 거다. 이런 책읽기는 '각주의 책읽기'와는 달리, 자신의 성채를 허무는 고통스러운 책읽기다. 책에 '매장'된 전혀 새로운 세계관을 '채굴'하고, 그 쏟아지는 지적 환희의 '원유'에 내 정신을 흠뻑 적시는 것과 같다. 이것은 '각주의 책읽기'와는 달리, 변증법적 대화의 원칙에 충실하다. 나를 깊고 넓게 만드는 책읽기다. 그러므로 '이크의 책읽기'는 고통의 책읽기다. 나의 낡은 세계관을 스스로 비판하고 과감하게 버려야 해서다. 그러나 이크의 책읽기는 궁극적으로 행복한 책읽기다. 그 고통을 거쳐 거듭나는 나의 모습을 지켜보게 되기 때문이다.

뱀다리……

언론에서 책을 소개하는 난이나 프로그램을 만들 적에 '간판'에 '행복한'이라는 말을 쓰는 경우가 자주 있다. 물론 잘못된 말은 아니다. 책 안 읽는 사람을 읽게 하려면 '행복하다'라는 형용사가 필요하다. 권유와 유혹의 의미가 담겨 있으니 말이다. 상처받고 피곤한 영혼에 안식처를 주는 책이 있는 법이다. 이런 책을 읽을 적에 우리는 행복하다고 느낀다. 그러나 이런 표현이 범람하는 현실이 나는 불편하다. 행복한 책읽기에는 함정이 있다. 행복을 느끼는 교양 수준에 우리를 가두어버릴 수도 있어서다. 그것은 마치 양수에 둘러싸인 태아와 같다. 거기에 있는 것이 당연하나, 궁극에는 박차고 나와야 마땅하다.

  나는 '각주의 책읽기'가 무조건 나쁘다고 말하는 바는 아니다. 행복한 책읽기가 나쁘다고 말하지 않는 것과 같다. 다만, 그것을 넘어서야 한다. 애들러의 말대로 하자면 "더 적게 이해하는 상태에서 더 많이 이해하는 상태로 스스로를 고양하는 것"이며, 기존의 것을 버리고 새로운 것을 품는 것이다. 그것이 바로 '이크의 책읽기'이다. 책읽기가 행복하다는 표현은 자제해야 한다. 그리고 솔직하게 말해야 한다. 책읽기는 고통이다. 하나, 고통 없이 우리가 어찌 성장할 수 있는가라고. 새로워지고 높아지니 행복을 만끽하는 법이다. 과정은 고통이나 그 결과는 행복한 것이 책읽기라고 나는 여전히 믿는다.

깊이 읽으면
길이 보인다

문제는 방법이다. 그것을 알면 책읽기에 새로운 지평이 열린다. 문제는 그 방법을 잘 모른다는 점이다. 왜냐하면 평소 책을 읽지 않아서 그렇다. 모든 것이 그렇듯 꼬일 대로 꼬인 것인데, 대체로 첫 단추를 잘못 끼워 일어난 일이다. 그러니, 다시 원점으로 돌아와서 더 중요하고 가치 있는 바가 무엇인지 살펴보아야 한다. 거듭 말하거니와, 방법을 알면 상당히 많은 문제가 해결된다.

최근 들어 책 읽는 방법을 주제로 다룬 책이 많이 나온 것은 상당히 반가운 일이다. 그 사람이 무엇을 계기로 그러한 방법으로 책을 읽기 시작했는지, 그리고 그것이 어떤 효과를 거두었는지 알아둔다면 여러모로 도움이 된다. 단, 어떤 사람이 말한 내용을 너무 신줏단지 모시듯 해서는 안 된다는 점을 기억해야 한다. 대체로 만병통치약이라 선전하는 것이 약효가 없듯, 모든 사람에게 두루 통하는 독서법이란 없다. 읽거나 들은 방법 가운데 설득력 높은 것을 골라내 직접 실천해보면서 자신에게 맞는 독서법을 찾아내야 한다. 그러니까 책을 즐겨 읽는 사람이라면, 누구나 다 독서법을 하나씩은 가지고 있는 셈이다.

많은 사람이 좋은 책은 무엇이고, 어떻게 해야 책을 가까이 할 수 있느냐고 묻는다. 나는 그럴 때 즉답을 피한다. 한마디로 정의하기 너무 어려운 데다, 답변해봐야 큰 도움이 되지 않아서다. 비유하자면 이렇다. 의사가 환자를 직접 진찰해보지 않고 처방을 내릴 수는 없다. 환자마다 증상이 다르고 그 환자에게 걸맞은 치료법이 따로 있기 마련이다. 책읽기에 관한 도움말도 마찬가지다. 두루 통하는 그 무엇이 있어 누구에게나 말해줄 수 있는 것은 없다. 사람마다 다른 독서력(力/歷)과 선호도, 그리고 책 읽는 목적을 알아야 비로소 답변해줄 수 있는 법이다. 그래서 나는 그런 상황에 부딪힐 적마다, 질문의 의도와 달리, 책 읽는 방법을 말해준다. 독서법은 마치 그물과 같다. 그물이 고기는 아니다. 그러나 고기를 낚을 수 있게 해준다. 이 그물을 가지고 저 책의 바다로 나아가

라. 그리고 던져라! 그리하면 원하는 교양과 지식을 건져 올릴 수 있으리라.

책 읽는 방법 가운데 기본에 해당하는 것은 '깊이 읽기'다. 어떤 계기가 되었든 한 권의 책을 감명 깊게 읽었다 치자. 그러고 나면 이름하여 '독서의 후폭풍'이라 할 만한 일이 벌어진다. 그 책에 그치지 않고, 그 책을 쓴 지은이의 다른 책을 더 읽고 싶어지거나, 같은 주제를 다룬 책을 읽고 싶어진다. 한 권으로 그치지 않고, 관련된 책을 두루 읽으니 정보와 교양, 그리고 지식이 늘어날 수밖에 없다. 그래서 깊이 읽기라 했다. 자고로 좋은 책이란 그것을 읽고 났더니 다른 책이 더 읽고 싶어지게끔 자극하는 책이다. 그리하여 책읽기에도 족보가 생긴다. 아브라함이 이삭을 낳고 이삭이 야곱을 낳는 식으로, '가'를 읽고 났더니 '나'가 보고 싶어졌고, 그것을 읽었더니 자연스럽게 '다'라는 책을 읽게 되더라는 말이다.

깊이 읽기 가운데 책벌레가 가장 선호하는 방식은 한 작가의 작품을 다 읽어내는 것이다. 조희봉은 『전작주의자의 꿈』(함께 읽는 책, 2003)에서 이 같은 독서법을 일러 '전작주의'라 이름 붙였는데, "전작주의란, '한 작가의 모든 작품을 통해 일관되게 흐르는 흐름은 물론, 심지어 작가 자신조차 알지 못했던 징후적인 흐름까지 짚어내면서 총체적인 작품 세계에 대한 통시/공시적 분석을 통해 그 작가와 그의 작품 세계가 당대적으로 어떤 의미가 있는

지를 찾아내고 그러한 작가의 세계를 자신의 세계로 온전히 받아들이고자 하는 일정한 시선'을 의미한다".

고등학교 때 선생님이 추천해준 이문구의 『관촌수필』(랜덤하우스코리아, 2004)을 읽은 적이 있다고 쳐보자. 자꾸 읽어야 한다고 하는 데다 수능에 나올 수도 있다고 해서 억지로 읽었으니 제대로 읽었을 리 없다. 더욱이 지뢰처럼 문장 곳곳에 파묻혀 있는 토박이말에다 능청스러운 충청도 어감에 적응하지 못해 힘겹게 읽었을 터이다. 그러다 대학에 들어와 우연히 『관촌수필』을 다시 읽게 되었다고 쳐보자. 그때는 도통 알 수 없던 말을 알아듣게 되고, 다루는 주제나 그것을 소화해내는 방식도 이해하게 되었다. 다 읽고 나니 물밀듯 밀려오는 감동이 있었다. 역사의 희생양이면서도 이를 이겨내는 넉넉한 낙관과 해학이 마음에 들었다. 처음 읽을 때는 가독성을 해치던 토박이말은 외려 정겹게 느껴졌다. 이렇게 되면 문득 이런 생각이 든다. 이왕 내친김에 이문구 소설을 확 다 읽어버릴까. 그리하여 시중에 나온 『이문구 전집』을 구해 탐욕스럽게 한 권씩 읽어나갔다면, 그리하여 마침내 다 읽어냈다면, 그것이 바로 전작주의 독서다.

이 방법은 깊어져서 넓어지게 한다. 한 작가의 작품 전체를 읽으면 다른 무엇보다 그 작가의 작품 세계를 정확히 이해하게 된다. 당대 현실에 맞서고 더 나은 세계에 대한 꿈을 어떻게 그렸는지 알게 된다는 뜻이다. 그리고 작가가 자주 쓰는 말이나 표현 방식도 익히게 된다. 읽는 이의 표현력이 풍부해지는 부수 효과도 있다는 말이다. 이런 독서법은 문학을 전공하는 학자가 주로 활용한다. 한 권의 작가 연구서를 쓰려고 연구자는 그 작가의 작품을 완독할 뿐만 아니라 관련된 저서도 두루 읽는다. 그리고나서 자신의 관점에 따라 한 작가를 종합적으로 평한다. 김윤식의 『이광수와 그의 시대』(솔출판사, 1999)가 이런 유의 책 가운데 단연 돋보이는 책이라 할 만하다.

노벨문학상을 받은 오에 겐자부로도 비슷한 독서법을 권한다. 다른 게 있다면, 시한을 정해 읽어보라는 것인데, 무작정 그 저자의 책을 다 읽으려 하기보다는 3년 동안만 읽어보라고 권한다. 이 이야기는 오에 겐자부로의 자서전 『'나'라는 소설가 만들기』(김유곤 옮김, 문학사상사, 2000)에 나온다. 스승인 와타나베 가즈오 교수는 오에에게 자신만의 방식으로 살아가길 격려하면서 시인이든 작가든 사상가든 한 저자를 정하면 3년가량 읽으라고 권했다. 이런 독서법이 "그때그때의 관심에 의한 독서와는 별도로 평생을 계속할 수 있을 것이네. 최소한 살아가는 게 따분하지는 않을 거야"라고 덧붙이면서 말이다.

깊이 읽기의 힘이 얼마나 센지 잘 보여주는 대목이다. 한 사람을 세계적인 작가로 성장케 한 힘이 바로 3년 동안 깊이 읽기에서 비롯되었다 하지 않는가. 더욱이 오에 겐자부로의 독서법은 실용성도 높다. 아무리 유명한 작가라 해도 태작이 있는 법이다. 전작주의에 집착해 상대적으로 수준이 떨어진 작품까지 읽는 것은 시간낭비이다. 그런데 3년 정도로 시한을 정해 한 작가의 작품을 두루 읽는다면, 알곡만 추려내 읽을 수 있을 터다.

깊이 읽기가 꼭 전작 읽기로 제한될 필요는 없다. 같은 주제를 다룬 책을 두루 읽어 이해의 폭과 깊이를 더하는 방식도 깊이 읽기의 한 방식이다. 우연한 기회에 일부일처제에 관심을 기울이게 되었다 치자. 결혼의 방식은 다양했다. 특히 근대 이전에는 일부다처나 일처다부 같은 형태가 퍼져 있었다. 그렇다면 왜 근대에 들어 일부일처제가 사랑과 결혼의 주된 방식이 되었는지, 그리고 미래에도 여전히 이 형태가 지속될지 궁금해지게 된다. 이런 지적 호기심을 풀려고 관련 책을 두루 읽어나간다. 바로 이것도 깊이 읽기라는 말이다.

이 독서법은 대학에서 이루어지는 '학술적 글쓰기'와도 맞닿아 있다. 주어진 과제를 해결하려고 관련된 주제를 다룬 책을 두루 읽고, 이를 바탕으로 독창적인 사유가 담긴 한 편의 글을 써내는 방식이다. 나만의 사유는 기둥과 지붕이다. 그러나 이것이 가능한 것은 앞 세대 지성의 지적 결정체인 책이 있어서다. 책이 주춧돌 노릇을 한 셈이다. 깊이 읽어야 튼튼한 사유의 집을 지을 수 있는 법이다. 책읽기가 효용성이 없다고 생각하는 사람이 있다면, 당장 이 방법으로 자신에게 주어진 문제를 해결해나가길 권해본다. 무릇, 책에 길이 있는 법이다.

좋은 책이 무엇이고, 어떻게 해야 책과 가까워질지 고민하고 있다면, 깊이 읽어보기를 권한다. 에둘러 가는 듯하지만, 그것이 외려 지름길이다.

책끼리 벌이는 전쟁,
겹쳐 읽기

한 권의 책을 읽고 완벽하게 이해했다고 말할 수 있을까? 주변에서 물어보는 말이 아니라, 전문가연하는 내가 스스로 던지는 질문이다. 참 많이 읽기도 했다. 죽어라 읽어댔으니 말이다. 방송에 나가 책의 내용을 설명하고 평가하기도 했다. 지면에 서평 형식으로 요약, 논평, 주장 식의 글을 써 갈겨왔다. 잘 읽고 잘 알고 있다고 자랑하고 나다닌 셈이다. 그럼에도 늘 마음에 걸리는 게 있었다. 그 책만 읽고서 그 책을 정확히 분석하고 평가할 수 있는가 하고 말이다.

당연히, 그럴 수 없다. 한 라디오에서 명작 50편을 선정해 각 책의 전문가와 내가 참여해 토론하는 방송을 한 적이 있다. 내가 전적으로 불리한 게임이었다. 상대방은 그 작가를 전공한 문학 평론가이거나 대학교수였다. 그이들은 작가의 삶과 사상, 그리고 작품 세계를 꿰고 있었다. 이에 비해 나는 그 작품을 읽고 이해하는 데 급급했다. 물론, 젊은 날 읽은 책이 많아 다행이긴 했으나, 다른 관련 도서를 참조할 시간이 없어 불리하기는 마찬가지였다.

방송을 함께 하며 느낀 바이지만, 역시 한 권의 책을 제대로 이해하려면 그 책을 꼼꼼히 읽는 것은 기본에 해당하고, 관련된 책을 함께 읽어야 한다. 나는 일찌감치 이런 독서법의 중요성을 알고, 이를 '겹쳐 읽기'라 이름 붙였다. "한 작품의 창작 배경에 얽힌 관련 자료를 꼼꼼하게 읽어봄으로써, 행간에 숨어 있을 작가의 은밀한 숨결을 느껴보"는 것이다. 그런데 시간이 지나면서 겹쳐 읽기의 의미가 더 확충되어야 한다는 사실을 깨달았다. 그 정도로는 책을 제대로 소화하기 어렵다는 사실을 눈치챈 것이다.

책읽기는 대화다. 지은이와 읽는 이가 끊임없이 대화해나가는 것이다. "나는 이렇게 말했어, 너는 어떻게 읽었니." "응, 나는 이런 식으로 읽었는데 너도 그런 뜻으로 말한 거야?" "더 읽어봐, 아마 곧 그 이유를 알게 될 거야." 아마도 책을 읽으면서 이런 대화가 머릿속을 맴돈 경험이 많으리라. 그런데 이 정도로는 창조적인 독서라 할 수 없다. 말하자면, 지은이와 토론하는 지경에 이르러야 한다. 지은이가 자신의 주장을 뒷받침하려 동원한 근거를 문제시하고, 그것을 바탕으로 내린 결론에 이의를 제기해야 한다. 그때 틈이 보이고, 그 틈을 비집고 들어가 지은이가 견고하게 쌓아놓은 논리의 성채를 뒤흔들어야 한다.

문제는, 웬만한 독자는 이렇게 해낼 수 없다는 점이다. 그렇다면 다른 책의 도움을 받아야 한다. 기왕이면 같은 주제를 다루면서도 주장과 근거가 다른 책을 함께 읽어보아야 한다. "지은이의 주장을 깊이 이해하는 것은 물론이거니와 지은이와 맞짱을 뜨고자 다른 견해를 보이는 책을 참조해 비판적으로 읽어나가는 것"이 겹쳐 읽기의 새로운 의미가 된다.

겹쳐 읽기를 나름으로 소화해 글을 써본 것이 첫 책『어느 게으름뱅이의 책읽기』(한국출판마케팅연구소, 2001) 1부다. 겹쳐 읽기의 첫 번째 의의에 충실한 글은 「꿈꾸는 거대한 상처, 잉카로의 여행」이다. 신경숙의 단편『오래전 집을 떠날 때』(창작과비평사, 1996)와 김병익의 여행기『페루에는 페루 사람들이 산다』(문학과지성사, 1997), 그리고 그레이엄 핸콕의『신의 지문』(이경덕 옮김, 까치글방, 1996)을 그야말로 겹쳐 읽었다. 먼저, 앞의 두 책을 읽은 이유는 이렇다.

굳이 두 사람의 글을 선택한 것은 페루라는 공통분모 때문이다. 그런데 두 사람이 비슷한 시기에 발표한 글의 배경이 페루였던 것은 우연의 일치가 아니었다. 김병익의 글을 살펴보면, 그의 페루 여행에는 국내의 내로라하는 작가가 함께했는데, 일행 가운데는 신경숙도 끼어 있었다. 바로 이 대목에서 나는, 두 사람의 글을 겹쳐 읽어야겠다는 착상을 얻었다. 대조되는(연령으로나 성별로나 장르로나) 두 사람의 글을 마주 세워놓으면, 서로가 서로를 비추어, 읽는 이에게 큰 울림을 전해줄 터이니까 말이다.

『신의 지문』은 두 사람의 글을 읽고 나서 페루에 대한 호기심을 채우려고 읽어나갔다. 이런 독법은 작품 이해의 교두보를 확보한다는 데에 큰 의미가 있다. 작가를 만나 직접 물어보기 전에는 알 수 없는 그 무엇의 정체를 스스로 알아가는 즐거움이 있는 데다, 작품이 미처 담지 못한 그 너머의 것을 포착하는 기쁨이 있다. 그런데 나는 이미 이 글에서 첫 번째 의미의 겹쳐 읽기가 보이는 한계를 지적했다.

나는 앞에서, 우연한 계기를 통해, 한 작가의 작품에 대한 성의 있는 독해가 필요하다는 주장에 공감했다고 밝혔다. 그런 뜻에서 나는, 신경숙의 한 작품을 선택해 꼼꼼한 독해의 길을 열어보고자 했다. 그러나 다 써놓고 보니, 작품 창작의 배경에만 매달린 탓에 비평적 시각은 놓치고, 잉카 문명에 대한 호기심만 잔뜩 늘어놓은 꼴이 되고 말았다. 그렇다면, 내가 겹쳐 읽어야 했던 것은, 페루(또는 잉카)와 관련된 책이 아니라, 존재의 피곤함이나 불안감에 대한 이론적 저작이어야 했다.

내가 쓴 『고전 한 책 깊이 읽기』(우리학교, 2019)의 4부가 '겹쳐 읽기'인데, 처음에 다룬 책이 유명한 대니얼 디포의 『로빈슨 크루소』(김병익 옮김, 문학세계사, 1993)와 『로빈슨 크루소의 사랑』(험프리 리처드슨, 김한경 옮김, 눈, 1990), 그리고 『방드르디, 태평양의 끝』(미셸 투르니에, 김화영 옮김, 민음사, 2003)이다. 『로빈슨 크루소』를 두고 왈가왈부할 필요는 없을 성싶다. 정작 책을 안 읽어보았더라도 내용은 익히 알고 있을 테니까 말이다. 나는 『로빈슨 크루소의 사랑』을 일러, 『로빈슨 크루소』 메워 쓰기라 했다. 이 작품은 디포의 원작에 하나의 의문을 제기한다. 그 혈기왕성한 사내가 자신의 육체적 욕망, 특별히 성적 욕구를 어떻게 충족시켰을까, 라고 물었다. 이 물음은 이미 디포의 세계관을 뒤집었다. 그의 청교도적 가치관에 결정적인 딴죽을 걸고 있는 셈이다. 『방드르디, 태평양의 끝』을 두고는 신화론적 거꾸로 쓰기라 했다. 이 작품이 디포의 세계와는 반대로 자연이 문화를 지배하고, 방드르디가 외려 로빈슨을 가르치고 원시성이 문명을 이긴다는 메시지를 담아서다.

만약 『로빈슨 크루소』만 읽었다면, 이 책이 주는 재미에는 흠뻑 빠졌겠지만, 이 작품의 한계는 무엇이고, 그 너머에 있는 새로운 것은 무엇인지 진지하게 고민해보지 못했을 듯싶다. 겹쳐 읽었기에, 작가의 한계를 지적하고 새로운 것을 꿈꾸게 된 셈이다.

권정관의 『지식의 충돌, 책 vs 책』(개마고원, 2007)도 겹쳐 읽기를 충실히 한 결과물이다. "서로에 비판적이거나 비슷한 주제에 대해 상반되는 견해를 펼치는 책들끼리 싸움"을 붙이고 있다. 지은이는 이런 독법의 즐거움을 "그것은 마치 홑눈이 아니라 겹눈을 통해 대상을 바라보는 것과 유사했고, 책과 책 사이에 여러 개의 골과 이랑이 여울져 새로운 사유의 지류들을 부단히 만들어내는 것과도 비슷한 것이었"다고 '간증'했다.

나는 세상의 평화를 간절히 원한다. 그러나 서재의 평화는 절대 바라지 않는다. 서재는 전쟁터여야 한다. 그 누군가가 절대 권력을 한껏 뽐내는 것이 아니라, 그것을 조롱하고 희롱하고 비판하는 마당이어야 한다. 삿대질하고 집어 던지고 엎어버리고 깨트려버려야 한다. 상상해보라. 서재로 여러 저자가 모여들어 시끌벅적하게 떠드는 장면을. 나는 우리나라의 통일을 간절히 기원한다. 그러나 서재는 춘추전국시대이기를 바란다. 눈을 감아보라. 읽는 이를 설득하려고 경쟁적으로 유세를 펼치는 지은이를. 책읽기의 묘미가 바로 여기에 있으렷다!

천천히 읽는 자에게
복이 있나니

나는 다른 사람들이 이렇게 읽었으면 좋겠다고 생각하면
서 읽는다. 다시 말해 굉장히 천천히 읽는다. 나에게 한 권
의 책을 읽는다는 것은 그 저자와 함께 15일 동안 집을
비우는 일이다.

— 앙드레 지드

책 읽는 일을 직업으로 삼다 보면, 상투적인 질문 공세에 당황
하게 되는 경우가 잦다. 개인적으로 가장 싫어하는 질문은, 도대
체 책 몇 권이나 있으세요, 라는 말이다. 그 많은 책이 몇 권이나

되는지 일일이 셀 수 없는 노릇이니 이 질문에는 사실상 대답할 수 없다. 그리고 이 질문에는 함정이 있다. 만약 진짜로 책이 일반인의 장서 수준을 훨씬 웃돌 정도로 많다면, 셀 수 없이 많아야 하니, 몇 권이라고 명토 박는 순간 예상보다 책이 적다는 사실을 실토하는 꼴이 된다. 더욱이 책이 많은 사람은 책 많이 읽는 사람이라는 통념이 있다는 점을 감안한다면, 책 많이 읽기에도 짬이 나질 않는 마당에 서가에 책이 몇 권이나 있는지 알고 있다는 것은, 그만큼 책을 안 읽고 있다는 뜻이기도 하다. 책 읽느라 정신이 없고, 더는 집 안에 보관할 곳이 없어 책을 여기저기에 흩트려놓는 나는, 가지고 있는 책이 도대체 몇 권인지 알지 못한다.

명색이 전문가를 당황케 하는 질문으로는, 정독하는 게 좋은지 남독하는 게 좋은지를 묻는 경우를 들 수 있다. 정독을 원칙으로 삼았으나, 왕성한 지식욕 덕에 다양한 분야를 섭렵했으니 말하자면 남독하기도 한 셈이다. 그런데 그 가운데 하나를 골라 무엇이 좋은지 말해달라고 하니, 어찌 당황스럽지 않겠는가. 따지고 보면, 이런 질문을 하는 사람은 독서 편력이 짧은 편에 속한다. 어떻게 책을 읽어야겠다고 가상한 생각을 품게 되었으나, 너무 늦게 시작하다 보니 답답하고 앞이 깜깜해 모처럼 얻은 기회에 이 같은 질문을 하게 된 것일 가능성이 크다. 물론, 진지한 자세로 이런 질문을 할 적에 대놓고 곤혹스러워하지는 않는다. 나름대로 성심

껏 답하려 애를 쓴다. 그러나 되돌아오는 말은 한결같다. 에이, 그
것은 책 많이 읽는 사람한테나 통하는 거고요, 라고 말이다. 곤혹
스러움이 허탈감으로 바뀌는 순간이다.

　세 번째는 책 많이 읽는 비결이 무엇이냐고 묻는 경우이다. 이
때는 묻는 이의 눈동자가 밝게 빛나기까지 한다. 전문가라면, 함
부로 밝히지 않는, 아주 특별한 경우에만 말해주는 비결이라도
있는 양 짐작한다. 이런 생각은 예전부터 있어왔지만, 다치바나
다카시 책이 나온 다음부터 더 기승을 부리는 듯하다. 책이 엄청
많은데, 그것을 두루 읽고 책을 써대는 사람이 바다 건너 있다는
데, 너는 어떠냐는 것이다. 나는 이런 질문에는 양보하지 않고 맞
서왔다. 비결은 없다. 즐거운 마음으로 오랫동안 책을 읽다 보면
나름의 방법이 생겨나게 마련일 뿐이라고 말이다. 그러고는 빨리,
많이 읽는다는 게 어떤 가치가 있는지 모르겠다고 목청을 높인
다. 다치바나는 논픽션 분야의 글을 쓰는 사람이라 그러는 것일
뿐이라고도 말했다. 물론 다치바나는 높이 평가받아 마땅하다. 논
픽션 작가가 모두 다치바나처럼 성실을 넘어 집요하기까지 한 것
도 아닌 데다, 작가 자신의 교양의 폭과 깊이가 상당하기 때문이
다. 그러나 그것은 어디까지나 전문가용 독서법일 뿐이다. 일반인
이나 청소년이 그렇게 책을 읽어야 할 이유는 없다.

　이 정도면, 용하다는 점쟁이라도 찾은 듯했던 초반의 분위기는

반전된다. 실망스러운 표정을 감추지 못하며 자리를 털고 일어나며 혹시나 하는 심정으로 한마디 덧붙인다. 그래, 댁이 터득한 독서법은 무엇이요, 라고. 그럴 때마다 내가 전가의 보도처럼 꺼내는 것이 바로 게으르게 읽기이다. 서두르지 말고, 음미하며 읽어보라는 말이다. 그리고 기왕이면 같은 주제를 다룬 다른 책을 더불어 읽는 겹쳐 읽기나, 그 작품을 분석한 다양한 이론을 섭렵하는 깊이 읽기의 방식으로 책을 읽어보라고 권한다(속으로야 이런 내용을 잘 담은 책이 있으니, 그것이 『고전 한 책 깊이 읽기』인데, 다치바나 책보다 훨씬 재미있고 가치 있으며, 『각주와 이크의 책읽기』도 그 못지않게 좋은 책이라고 말하고 싶지만, 낯이 두껍지 못한지라 끝내 입 밖으로 뱉어내지 못하고 만다). 본디 중이 제 머리 못 깎는 법, 어딘가 나와 뜻이 같은 사람이 쓴책이 있으면 선뜻 권할 터인데, 그런 게 없다 싶었는데 바라던 책이 드디어 나왔다. 바로 야마무라 오사무가 쓴 『천천히 읽기를 권함』(송태욱 옮김, 샨티, 2003)이다.

이 책을 읽으며 자존심 상했던 것 하나. 지은이의 직업이 학교, 라고 쓰면 뒷말로 으레 교사이거나, 교수가 따라붙겠지 지레짐작할 터인데, 단지 학교법인의 직원이라는 점이다. 직장인으로서 자기 일에 충실하면서도 평소 성실하게 책을 읽어온 사람이 나름의 독서법을 세상에 알리려고 책을 썼다. 독서법을 다룬 변변한 책자가 없는 나라에서 살면서 이런 책을 보면 정말 낯이 붉어진다.

책읽기가 특별난 것이 아니라 일상의 한 영역을 차지하고 있는, 지극히 자연스러운 일이라는 사실을 지은이가 웅변하고 있지 않은가. 더욱이 이 책은 다치바나를 필두로 한 '속독·다독파'와 대척점에 서 있다는 점에서 지은이의 내공이 얼마나 깊은지 알 수 있다. 일본의 내로라하는 지식인과도 한판 뜰 정도이니 결코 만만한 사람이 아니다.

지은이는 "빨리 읽어서 좋은 점은 뭐가 있을까?"라고 묻는다. 이것이야말로 내가 묻고 싶었던 바이다. 빨리 읽으려면 뭐 하러 책 읽느냐는 것이 내 지론이다. 그리고 엄밀한 의미에서 빨리 읽는다는 말은 성립할 수 없다. 빨리 하는 것은 읽는 것이 아니라 보는 것일 뿐이다. 그리고 빨리 보는 것은 책 읽는 행위와 전혀 다르다. '빨리'라는 부사는 책에 어울리지 않는다. 영화나 텔레비전, 그리고 인터넷을 수식하면 몰라도 말이다. 지은이는 빨리 읽기야말로 인생의 낭비라고 말하며 이런 독서법은 "매일, 매월 대량으로 책을 읽는 것을 경쟁력으로 삼는 평론가나 서평가에게나 유효한 것"이라고 한 방 먹인다(나 같은 사람에게 날린 주먹이니, 아이고 아파라!). 언제 기회가 되면 지은이에게 친구 하자고 청하고 싶은 대목이 책에 줄줄이 나온다. 내가 일찍이 보는 것과 읽는 것의 차이를 말했듯, 지은이도 특유의 수사학으로 당장의 결과를 노리는 독서에 대해 정의한다. 필요가 있어 책 읽는 것은 읽는다가 아니라 살펴본다 혹은 참조한다고 말해야 옳다는 것이다.

나는 기본적으로 빨리 읽히는 책은 읽기를 꺼린다. 그런 책은 종이에 활자가 찍혀 있더라도 본래적 의미에서 책이 아니라고 여겨서이다. 아니 더 솔직히 말하면, 의도적으로 거부한다기보다 체질적으로 읽어내지 못한다. 내가 잘 팔린다기에 이를 악물며 도전하지만 끝내 대중소설이나 무협소설을 못 읽는 이유가 여기에 있다. 책장을 축지법 쓰듯 읽을 수 있는 것은 책이 아니다. 책이란, 읽으며 읽는 이 스스로 상상하게 하고 반성하게 해야 한다. 그런 역할을 할 때 비로소 책이라고 할 수 있다. 이런 점 때문에, 아니 이런 점이 있기에 이미지 시대에도 책을 읽어야 한다고 말하는 것이다. 남이 다 만들어준 것을 단지 즐기는 것이 아니라(그러니까 보는 것이 아니라), 수용자가 의미를 재구성해가는 과정이 주어진(그러니까 읽어야 하는) 매체이어서 책의 가치를 옹호하는 것이다.

오래전 헌책방에서 사놓고 아직 읽지 않은 에밀 파게의 『독서술』(이휘영 옮김, 서문당, 1997)을 이 책에서 만날 줄은 몰랐다. 더욱이 그의 생각이 나와 일치할 줄도 몰랐다. 이제는 '귀신'하고도 친구해야 할 판이다. 에밀 파게는 말했다. 세상에는 천천히 읽는 것을 견딜 수 없는 책이 있는 법인데, 그런 책은 절대 읽어서는 안 된다고. 그리고 덧붙였다. 모든 독서에 절대적으로 적용되는 첫 번째 원칙은 천천히 읽는 것이라고 말이다.

지은이는 천천히 읽기의 미덕(그 자체로 책을 천천히 읽어야 하는 이유가 된다)을 말한다. 인상적인 대목을 두 가지만 소개하면 이렇다. 먼저 나쓰메 소세키의 『나는 고양이로소이다』(송태욱 옮김, 현암사, 2013)를 읽으면서 느낀 점이다. 지은이는 이 작품의 거의 끝부분에 나오는 "무사태평으로 보이는 사람들도 마음속 깊은 곳을 두드려보면 어딘가 슬픈 소리가 난다"라는 구절에 사로잡혔다. 그런데 이 책을 처음 읽었던 고등학교 시절은 논외로 친다 해도, 두 번째 읽을 적에도 이 구절에 주목하지 못했다고 한다. 세 번째 읽을 때에야 비로소 이 구절이 "쓸쓸하고 절실한, 그래서 오히려 행복감마저 들게 하는 깊은 마음"을 불러일으켰다. 그럼 예전에는 왜 이런 감흥을 느끼지 못했을까 자문해보았더니, 답이 나왔다. "빨리 읽었기 때문이다"(나는 이 책을 천천히 읽고 있던 터라 인용된 구절을 본 순간, 결코 잊을 수 없는 잠언을 발견했노라며 기뻐했다. 아! 이 잘난 척은 언제나 안 하게 되려나).

다른 하나는 포도 먹는 방식에 빗대어 말했다. 글 쓴 사람이 전력을 다해 작품에 채워 넣은 "풍경이나 울림을 꺼내보는 것은 바로 잘 익어서 껍질이 팽팽하게 긴장된 포도 한 알을 느긋하게 혀로 느껴보는 것과 같은 것"이란다. 먹을거리를 허겁지겁 먹는 사람이 그 맛을 음미할 리 없다. 천천히 씹어 먹을 때 비로소 맛을 느낄 수 있는 법이다. 입안에 포도알을 굴리며 그 싱싱한 맛을 음미하듯, 책도 천천히 읽어야 하는 법이다.

세상이 빛의 속도로 내달리고 있다. 이제 힘보다 속도가 숭배되는 시기에 들어섰다. 다행이라면, 거기에 편승하지 않고 느리게 살 권리가 내게 있다는 점이다. 나는 느리게 사는 첫걸음은 천천히 읽기에 있다고 여긴다. 읽기의 영토마저 속도주의자에게 넘길 생각은 추호도 없다. 천천히 읽어야 분석이 되고, 게으르게 읽어야 상상이 되고, 느긋하게 읽어야 비판할 거리가 보인다. 책을 천천히 읽는 것은 그 자체가 새로운 세계를 꿈꾸는 일이다. 그래서 지은이가 "살아가는 리듬이 다르면 세계관이 다르고 가치관이 다르다"라고 말했을 듯싶다.

책읽기와
고향 가는 마음

책읽기는 마치 완행열차를 타고 떠나는 여행 같다. 언제부턴가 사람들은 목적지에 빨리 이르려 서두른다. 굽은 길을 곧바로 펴고, 산을 깎아내고, 하늘 높은 줄 모르는 기둥을 세운다. 급한 일이 있어 KTX라도 탈라 치면, 속도의 위력을 실감한다. 세 시간도 안 걸려 부산에 도착하니, 놀라운 일이다. 정말 이러다간 빛의 속도로 내달리는 게 아닐까 싶어진다. 그런데 간혹 드는 의문이 있다. 미친 속도로 달리는 기차나 비행기에서 우리는 행복감을 느낄까. 왜 자꾸 젊은 날 경춘선을 타고 떠났던 여행이 떠오를까. 차장의 만류에도 기차 한구석에서 기타 반주에 맞춰 노래 부르던 기억은 왜 이다지도 더 생생해질까. 아마도 거기에는 낭만이 있고, 감동이 있고, 이야기가 있어 그러하리라.

책읽기는 여행이어야 한다. 돈 벌려고 여행 떠나는 사람은 없으리라. 그것은 출장일 뿐이다. 지친 영혼과 육신을 달래기 위해 우리는 떠난다. 세상살이를 하면서 우리는 얼마나 숱한 상처를 받고 남에게 원치 않는 상처를 입히던가. 쉼표가 필요하다. 맑디맑은 샘물에 자신의 얼굴을 비추고 지난 삶을 성찰해야 한다. 상처받지 않는 강건한 영혼으로 거듭나려고, 상처 주지 않는 너그러운 사람이 되려고. 과로와 술에 찌든 육체는 어떻던가. 몸 구석구석에 피어난 곰팡이를 없애려고 우리는 여행을 떠난다. 저 강렬한 햇빛에 우리의 몸을 말리려 한다.

언제부턴가 지금 당장 효과를 발휘하지 않는 것이면 그 가치를 깎아내렸다. 투자하면 몇 곱절의 이익을 남겨야 한다고 떠벌렸다. 세상 곳곳에 '출장'을 떠나라는 말만 무성한 꼴이다. 그러니 누가 책을 읽겠는가. 차라리 주식 시세표를 읽고, 로또 당첨 번호를 확인하는 것이 나은 세상이 돼버렸다. 책읽기는 즉각적인 효과를 기대하지 않는 행위다. 책읽기에는 '매료'라는 말이 어울린다. 이야기가 흥미로워서, 과거를 회상케 해서, 꼭 있을 것만 같아서, 감동스러워서, 새로워서 읽는다. 이야기를 읽으며 지금의 나를 버리고 주인공과 하나되는 놀라운 경험을 한다. 울고 웃고 가슴 치며 읽어나간다. 그것은 쉼표이다. 일상이 정지되고 상상의 공간이 펼쳐진다. 놀라운 사실은 책을 읽고 나면 위로받고 격려받으며 더 나은 세상을 꿈꾸게 된다는 점이다. 그러니, 책읽기는 여행이다.

책은 느리게 읽어야 하는 법이다. 완행열차가 느리게 가기에 풍광을 즐길 수 있지 않던가. 책을 읽으며 우리는 생각해야 한다. 그것이 무엇을 뜻하는지와 상징하는지를. 그리고 그 구절에서 떠올린 삶과 역사를 곱씹어보아야 한다. 책장을 천천히 넘길수록 우리는 더 풍요로워진다. 한 권의 책이 과거로 열려 있어서다. 책을 읽으며 우리는 현실과 대결을 벌여야 한다. 오늘 우리의 삶을 이 모양으로 만든 괴물의 정체를 밝혀내야 한다. 시장의 손만 있고, 연대의 손은 사라진 현실을 고민해야 한다. 한 권의 책은 이처럼 현재에 맞닿아 있다. 책을 읽으며 우리는 꿈꾸어야 한다. 더는 아파하는 사람이 없는 세상을, 더는 눈물 흘리는 사람이 없는 세상을 말이다. 이때 우리는 중력의 법칙에서 자유로워진다. 상상의 날개를 달고 '비자' 없이 금지된 곳으로 날아간다. 흥분되고 떨리는 시간이다. 한 권의 책은 우리를 미래로 이끈다.

그러니 간이역마다 서는 완행열차처럼 책을 읽어야 한다. 서둘러 읽으면 책은 문을 닫는다. 천천히, 간절한 마음으로 읽는 이에게 그 깊은 세계를 열어 보인다. 필요한 대목만 골라 읽고서 다 읽은 체해서는 안 된다. 이곳저곳에서 읽은 내용을 짜깁기해 자기만의 지식인 양 설레발쳐도 안 된다. 그것은 이를테면 KTX식 독법이다. 목적지를 향해 성급하게 내달리는 꼴이라 그렇다. '완행열차식 독법'은 다르다. 얼개가 무엇인지 쓰다듬어가며 읽는 것이다. 그 얼개를 감싼 내용이라는 육질을 음미해가며 읽는 것이다. 곳곳에 숨어 있는 작은 사연을 소중히 여기며 읽는 것이다. 그리하여, 지은이보다 읽는 이가 더 큰 깨달음과 감동을 얻는 독법이다.

아, 이제 맨 처음 말은 바뀌어야 한다. 책읽기는 마치 완행열차를 타고 고향에 가는 것과 같다고. 오늘의 우리가 가능했던 것은 탯줄을 묻고 떠나온 고향이 있었기 때문이다. 어린 눈으로 볼 적에는 크고 높았던 것이 어른이 되어 다시 보면 작고 낮아져 있기 마련이다. 그럼에도 우리는 고향을 볼품없다 하지 않는다. 그곳에서 우리는 자라났다. 어미의 자궁에서 새로운 생명이 자라나듯, 고향은 우리의 또 다른 자궁이다. 책도 마찬가지다. 우리의 눈을 멀게 할 정도로 위세 당당한 영상 매체도 책을 고향 삼고 있다. 책 잘 읽는 이가 성장해 감독이 되고 배우가 된다. 이해하고 분석하고 비판하고 상상하는 힘을 키워주는, 지식의 거대한 뿌리는 바로 책이다. 열매만 바라보는 자는 모르리라. 뿌리가 튼실하지 않고서는 탐스러운 열매를 맺을 수 없다는 사실을 말이다.

명절이 되면 모두가 고향으로 간다. 힘들게, 어렵사리 가는 고향이지만 그곳에 발을 디디면 비로소 자유로워지고 평안해진다. 그곳에 가면 도시에서, 어른의 눈으로는 볼 수 없었던 것이 다시 보인다. 산에 다시 호랑이가 등장하고, 화장실에 도깨비가 나타나고, 부엌에 조왕신이 드신다. 그리고 핏줄이 그리워 조상님도 하강하신다. 이제, 또 다른 고향에 갈 채비를 서둘러야 한다. 그것이 있어야 비로소 가능한데, 그 가치를 깎아내려 한동안 찾아보지 않았던 곳, 바로 책읽기다. 고향 가는 표를 예매하듯, 이제 궁핍해진 내 삶을 풍요롭게 꾸미기 위해 책이라는 표를 끊자. 그리고 책에 난 길을 따라 주유하듯 떠나보자. 고향 길에 접어들면 우리가 하는 일이 있다. 먼저 큰 숨을 내쉬고, 들판의 돌멩이와 꽃을 탐스럽게 바라보지 않던가. 바로 그 시선으로 글을 읽어나가자. 경험해본 이는 알리라. 그때 벌써 영혼이 충전되는 듯한 기분이 든다는 사실을. 고향의 우물물을 한 바가지 마시며 갈증을 씻듯, 책은 이제 경쟁의 세계에 지친 우리에게 시원한 냉수 한 사발을 내민다.

먼 길 떠나는 이여, 책읽기가 마치 고향 가는 것과 같은 이치임을 잊지 마시길.

첨삭으로 알아보는
다치바나식 독서법

한 분야에서 최고의 자리에 오른 사람에게 어떻게 하면 그렇게 될 수 있냐고 물어보면, 돌아오는 대답은 한결같다. 왕도는 없다, 그저 열심히 노력했을 뿐이다, 라는 것이다. 자신의 성공 비결을 남에게 알려주지 않으려는 얕은 '수작'은 결코 아니다. 이렇게 해서 안 되면 저렇게 해보고, 그렇게 해서 안 되면 이렇게 해본 탓에 딱히 무엇이 정답이라 짚어 말할 수 없어 그런다. 하지만 때로는 자기만의 비법을 잘 정리해 세상 사람에게 널리 알리는 이도 있다. 정말 고수가 아니고서는 해낼 수 없는 일인데, 책읽기 분야에서는 단연 일본의 다큐멘터리 작가 다치바나 다카시를 꼽을 수 있다.

책벌레는 물론이거니와 일반인에게도 큰 영향을 미친 다치바나의 『나는 이런 책을 읽어왔다』(이언숙 옮김, 청어람미디어, 2001)는, 앞에서 내가 비판한 바 있으나, 역시 좋은 책이다. 경험도 많고 통도 크고 시각도 트여 있다. 각별히, 이 책에는 참고할 만한 독서론이 수두룩하게 실려 있다. 독서법을 일러주는 국내 저자의 책이 드문 상황에서 다치바나의 글은 가뭄 끝에 만난 단비 같다. 그러나 다치바나는 '황새'다. 보폭이 매우 넓어서 '뱁새'가 따라 했다가는 가랑이가 찢어지기 십상이다. 그래서 이 자리에서는 다치바나의 독서법을 요약하고 그것을 논평하는 식으로 글을 써보려 한다. 말하자면, 첨삭으로 알아보는 다치바나식 독서법인 셈이다(과연 뱁새가 황새의 걸음걸이에 시비를 걸어도 되는지를 두고 의문을 품지는 말 것. 스타 선수가 반드시 훌륭한 감독이 된다는 보장이 없듯, 별 볼 일 없던 선수가 스타 감독이 되지 말라는 법 역시 없으니까).

"하나의 테마에 대해 책 한 권으로 다 알려고 하지 말고, 반드시 비슷한 관련서를 몇 권이든 찾아 읽어라"

내가 일찍이 말한 겹쳐 읽기 독서법과 같은 내용이다. 모든 책에는 결함이 있다. 그러나 일반 독자가 이를 알아차리기란 보통 어려운 일이 아니다. 그러므로 같은 주제를 다룬 여러 권의 책을 겹쳐 읽어볼 일이다. 그러다 보면, 책이 거울이 되어 서로의 단점이 무엇인지 비춰준다. 비판적 독서 능력이 키워지는 셈이다. 겹쳐 읽기는 단지 문제점을 파악하는 데 그치지 않는다. 그 주제에 대한 넓고 깊은 지식도 덤으로 얻을 수 있다.

"자신의 수준에 맞지 않는 책은 무리해서 읽지 말라"

신문이나 방송에 소개되거나 유명한 이가 권해준 책을 사서 읽다가 중도에 포기한 경험이 많으리라. 상당히 중요하고 의미 있는 책인 듯싶어 접했지만, 20쪽도 넘기지 못해 어렵다며 혀를 내둘렀을 터이다. 초보 독자가 무리해서 어려운 책을 읽으면 소화불량에 걸리기 십상이다. 특히 인문서나 과학 서적이 그렇다. 그렇다고 마냥 쉬운 책이나 수준에 맞다고 여기는 책만 보아서는 발전이 없다. 문학 작품은 주제가 마음에 들거나 관심사를 다루고 있는 경우, 실패를 두려워하지 말고 어렵더라도 한번 도전해볼 필요가 있다. 고통스럽고 힘들겠지만, 만약 독파를 해낸다면, 독서 능력이 크게 향상된다. 물론, 때로는 책을 읽다가 집어 던질 줄도 알아야 한다. 지은이가 속된 말로 '개소리'를 한다고 생각된다면, 그런 책을 끝까지 읽어야 할 이유는 없다. 세상에 책은 넘쳐나고, 그만큼 함량 미달의 책도 많다. 다 읽어야 한다는 의무감 때문에 자신을 괴롭힐 필요는 없다. 그럴 짬이 있으면, 잠이나 자는 게 낫다.

"속독법을 몸에 익혀라"

결코 권하고 싶지 않은 독서법이다. 너무 빨리 읽으면, 내용이 신속하게 '휘발'되게 마련이다. 천천히 깊이 생각하며 읽어야 오랫동안 기억에 남는다. 나중에 나이 들면 알겠지만, 책을 읽고 그 내용을 기억하는 게 얼마나 어려운지 모른다. 마치 잊어버리려고 읽는 듯한 착각이 들 정도다. 단지 기억 때문에 그런 것은 아니다. 천천히 읽는다는 것은 그 내용을 음미하고, 그 내용이 환기하는 추억을 곱씹어보며, 지은이의 생각을 비판해볼 수 있는 시간적 여유를 확보한다는 뜻이기도 하다. 나는 너무 빨리 읽히는 책은 좋은 책이 아니라고 여긴다. 그것은 영화 같은 책, 드라마 같은 책, 인터넷 같은 책이다. 그런 책으로는 분석력, 비판력, 상상력을 키울 수 없다(그런 책을 읽느니 차라리 영화나 드라마를 보거나 인터넷을 즐기는 게 낫다). 느리게, 천천히 읽도록 이끌며, 생각하고 꿈꾸게 하는 책이 정말 좋은 책이다.

"책 읽는 도중에 메모하지 마라"

지극히 다치바나다운 독서법이다. 책을 빨리 읽으려면 아무 짓도 하지 말고, 눈알을 빨리 돌리며 책을 읽어야 한다는 뜻이다. 메모를 하겠다고 결심할 정도면, 먼저 인상 깊은 구절에 밑줄을 그으리라. 그리고 머릿속에 떠오른 감상을 곱씹어보고 나서 글을 끄적였을 터이다. 한 권 읽는 동안 이렇게 소비한 시간을 절약하면, 다섯 권을 읽을 수 있을 정도라는 게 다치바나의 생각이다. 나는 다치바나에게 많은 부분 동의하지만, 속독법과 관련해서는 생각이 다르다. 이런 독서법은 지극히 실용적인 목적을 띠고 있다. 빨리, 많이 읽어야 하는 사람의 독서법일 뿐이다. 다치바나가 빼어난 다큐멘터리 작가라는 점을 잊지 말자. 먹고살려고 그랬을 거라는 말이다. 작가가 아닌 마당에 책을 목숨 걸고 빨리 읽을 이유가 어디 있겠는가. 다른 사람에게 책을 빌려주기 민망할 정도로 밑줄 긋고 메모하라. 책을 다 읽고 나서 그냥 덮어버리지 말고, 밑줄 그은 대목과 자신이 쓴 메모를 감상하라. 그때 비로소 책을 제대로 이해하게 될 터이다.

"주석을 빠뜨리지 말고 읽어라"

지당하신 말씀! 주석은 그 책의 주춧돌이다. 자신이 참고한 다른 사람의 생각을 바탕으로 독창적인 사고의 집을 짓게 마련이다. 그래서 나는 주석을 책 끄트머리에 달아놓은 책을 상당히 싫어한다. 책에 대한 예의가 없는 짓이라 여겨서다. 더욱이 주석이 뒤에 있으면 찾아보기도 어렵다. 가독성을 높인다는 미명 아래

주석을 뒤로 돌리지 마라! 흥분을 삭이고 한마디 더. 다치바나의 말대로 "주석에는 때때로 본문 이상의 정보가 실려 있기도 하다".

"책을 읽을 때는 끊임없이 의심하라"

밑줄 쫙 그어놓아야 할 대목이다. 책은 신성한 그 무엇이 아니다. 한계가 있는 한 인간이 세상에 내놓은 정신석 산물일 뿐이다. 경외감을 품고 찬양할 대상이 아니라는 말이다. 만약 경외의 대상이라면, 우리는 책을 읽어야 하는 것이 아니라 외워야 한다. 우리가 언제 책을 외우려고 읽었던가. 책 읽는 이유는 저자의 생각을 비판 없이 무작정 받아들이기 위해서가 아니다. 책은 내 사유의 키를 높이기 위해 밟고 올라서야 할 디딤돌일 뿐이다. 의심하라, 비판하라, 꿈꿔라! 그리하면 새로운 세계가 펼쳐지리라.

"번역서를 읽다가 이해가 잘되지 않는 부분이 있으면 머리가 나쁘다고 자책하지 말고 우선 오역이 아닌지 의심해보라"

책벌레는 다 아는 얘기. 번역서를 읽다 보면 화날 때가 있다. 거듭 읽어보아도 도대체 무슨 뜻인지 모를 문장이 튀어나오기 때문이다. 처음에는 자책하게 마련이다. 내가 부족해서, 내가 못나서 그렇다고 생각한다. 그러나 자학하지 말기를! 알고 보면, 그런 대목은 대체로 번역자도 무슨 뜻인지 잘 몰라 얼렁뚱땅 넘어간 경우가 많다. 번역자도 모르고 편집자도 모르니, 독자가 알 턱이 있겠는가. 정 믿기지 않으면, 나중에 강대진의 『잔혹한 책읽기』(작은이야기, 2004)를 읽어볼 것. 알고 보면, 내로라하는 번역가도 어처구니없는 실수를 저지른다.

"젊은 시절에 다른 것은 몰라도 책 읽을 시간만은 꼭 만들어라"

다른 것은 몰라도, 제발 이 '계명'만큼은 이 땅의 청(소)년이 가슴 깊이 새겨두길. 도대체 젊은 시절이 아니라면, 언제 책을 실컷 읽어보겠는가. 영어 학습서 들고 학원이나 다니면 다인가. 생각하는 사람이 되어야 하는 법. 서울에 있는 대학 가기도 어려운데 한가한 소리 하지 말라고? 그러면 원서로라도 읽으면 되지 않겠는가. 남의 나라 말 배워 언제 써먹으려는가. 유행처럼 번지는 영어 동화 읽기에 도전해보라는 뜻이다. 각설하고, 인생에서 가장 화려한 시절을 낭비하지 말고 교양과 지식 쌓는 데 힘 기울이기를. 인생 살 만큼 산 다치바나의 말대로 "20, 30대의 지식은 앞으로의 인생을 살아가는 데 결정적인 역할"을 한다. 훗날, 지금 알고 있는 것을 그때 알았더라면, 하고 한탄해보아야 때는 늦으리!

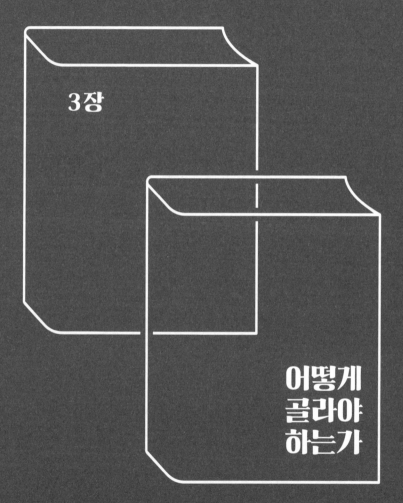

3장

어떻게
골라야
하는가

아무리 많은 사람이 좋은 책이라 떠벌리더라도 읽은 사람을 감동시키고 변화시키지 못한다면 좋은 책이 아닙니다. 그 누구도 감동하지 않았으며 사회에 끼친 영향이 아예 없더라도, 오로지 읽은 그 사람만을 사로잡은 책이 있다면 바로 그것이 좋은 책입니다. 웰빙의 시대입니다. 너도나도 몸에 좋은 먹을거리를 얻으려고 돈과 시간을 아끼지 않습니다. 그렇다면 우리의 정신에도 최소한 그만큼의 노력은 기울여야 하지 않을까요? 왕도는 없지만, 방법은 있습니다. 꾸준히 책을 읽어나가며 이런저런 방법을 시도하다 보면 자신에게 딱 맞는 것을 찾아내게 될 터입니다.

『삼국지』
읽지 마라?

　　어느 중문학자와 이야기를 나눈 적이 있다.
분위기가 무르익다 보니, 대화의 주제도 마냥 넓어져 본의 아니게
시비 거는 말을 하고 말았다. 이름난 중국 고전문학은 소설가가 앞
다투어 우리말로 옮기더라, 정작 전공자는 왜 '직무유기'를 하냐며
목소리를 높였다. 옥신각신하다 이야기는 만화가 고우영에 이르
렀다. 그이는 고우영 『삼국지』(애니북스, 2007)를 침 튀겨가며 상찬
했다. 그 말끝에 우리 중문학계가 고우영에게 진 빚이 많고, 50년
안짝에 학위 논문으로 '고우영론'이 나오리라 호언했다.

　　이때다 싶어 나섰다. 나 역시 고우영의 『삼국지』를 주변 사람에

게 권한다. 이유는, 꽤 역설적인데, 나는 이 시대에도 여전히 『삼국지』를 읽어야 하는가에 무척 회의적인지라 그렇다. 세상살이가 전쟁터 한가운데를 가로지르는 것과 다를 바 없는데, 굳이 권모와 술수가 넘쳐나고 살육과 탐욕으로 점철된 책을 필독서인 양 여겨야 하겠는가. 더욱이 이 책을 청소년에게 권하는 사회 분위기에 나는 강한 저항감을 느끼는 편이다. 더불어 살아가는 힘을 키워주고, 더 나은 세상을 세우기 위해 지적 고투를 벌인 사람의 책을 읽는 게 낫지 않겠는가.

그런데 사회 분위기는 영 딴판이다. 마치 이른 나이에 『삼국지』를 읽지 않으면, 사표와 귀감을 얻지 못할 듯 나부댄다. 그래서, (자율적으로는) 안 읽어도 되는데 (타율에 따라) 굳이 읽어야 한다면, 시간을 아깝게(열 권이나 되지 않더냐) 소설로 보지 말고, 고우영의 만화책으로 읽으라고 한다. 더 재미있고 더 풍자적이고 더 신나고 (같은 열 권짜리더라도) 더 빨리 읽힌다는 말도 꼭 덧붙인다. 장광설을 인내심 있게 듣던 그 중문학자가 퉁명스럽게 대꾸했다. 고우영의 『삼국지』를 높이 평가하는 것은 그런 이유 때문이 아니라, 작품 해석이 놀라울 정도로(그러니까 학문적 연구 대상이 될 만큼) 독창성이 뛰어나서란다.

그이는 내 이야기의 졸가리를 잘못 파악했다. 아무래도 흥분하면 그런 일이 일어나기 십상이다. 그렇다면 나는 왜 세평과 달리

『삼국지』를 후하게 쳐주지 않는 것일까. 따져보면 『삼국지』에 대한 이상 과열 현상에는 그럴 만한 이유가 있다. 수단과 방법을 가리지 않고 승리하는 '병법'을 일러주는 『삼국지』는 무한 경쟁의 시대를 사는 현대인에게 많은 도움이 되었을 법하다. 거기에는 오늘에도 유효한, 이른바 고전의 지혜라고 포장된 처세술이 담겨 있다. 그러나 나는 청소년이라면 『삼국지』보다 먼저 『서유기』를 읽어보아야 한다고 힘주어 말하곤 한다. 이 작품은 얼핏 보면 손오공의 기행으로 얼룩져 있지만, 꼼꼼하게 읽어보면 참된 것을 향한 모험이며 이를 통해 영혼이 성장하는 과정을 그린 작품이다. 만화나 애니메이션으로 나온 작품과 달리 상당히 깊이 있는 주제를 다루었다. 성장통을 겪는 청소년에게 그 고통은 왜 겪어야 하며 종착지는 어디여야 하는지 이처럼 잘 알려주는 작품이 어디 있던가. 더욱이 환상소설이라 하면, 『반지의 제왕』이나 『해리 포터』 시리즈가 전부인 줄 아는 새로운 세대에게 동양 환상소설의 대표작을 권하는 것은 분명히 균형감각을 키우는 데도 도움이 된다. 언젠가 이런 심정을 담아 『서유기』에 관한 독후감을 개인적인 경험을 바탕으로 쓴 적이 있는데, 이를 정리해서 다시 쓰면 다음과 같다.

무엇이 어린아이를 충동해 그 같은 열정에 사로잡히게 했는지 지금도 궁금하다. 일반 서점이라면 몰라도 헌책방을 찾아다니며 책을 찾기에는 분명히 어린 나이였다. 초등학교 5학년 즈음에 나는 『서유기』를 구하려고 발품을 팔고 다녔다. 급조된 위성도시의 헌책방이란 얼마나 초라하던가. 도시계획이야 짧은 기간에 세우고 실행할 수 있지만, 문화는 그렇게 단기간에 축적될 수 없다. 지금도 그렇지만, 참고서만 즐비한 헌책방에서 『서유기』를 고르기란 여간 어려운 일이 아니었다. 아무리 찾아도 없기에 오기가 생겼던 모양이다. 그 도시에 있던 헌책방을 다 뒤져 결국 『서유기』를 찾아냈다. 그때 산 책은 정말 헌책이라는 이름에 어울렸다. 고서에 가까웠고, 그런 만큼 종이는 삭아 있었다. 지금 생각해보면 딱지본의 일종이 아니었나 싶다.

설레는 마음으로 집으로 돌아와 시간 가는 줄 모르고 그 책을 읽었다는, 『서유기』에서 반복되는 어법에 기대면, 얘기는 그만두기로 하자. 몇 번이고 되풀이해 읽었으니, 책을 대하는 태도가 게걸스러웠다고 말하는 것이 정확하리라. 이런 경험은 몇 차례 있었다. 역시 헌책방에서 구한 『홍길동전』을 읽을 때나, 영화 '얄개 시리즈'에 흠뻑 빠져 읽었던 『얄개전』이 그러했다. 각별히 『얄개전』에는 재미있는 일화가 있다. 오래전에 나와 인기를 끌었던 작품이라는 사실을 알고는 예의 헌책방을 뒤졌다. 그러나 어느 헌책방에도 『얄개전』은 없었다. 실망감이 이만저만한 것이 아니었다. 남산에 도서관이 있고, 동대문운동장 어름에 헌책방이 몰려 있는 서울 아이는 이 책을 쉽게 구하겠지, 하는 부러운 심정으로 동네 서점에 들렀다. 그런데, 이럴 수가, 그토록 찾았던 『얄개전』이 서가 한 귀퉁이에서 자태를 뽐내고 있는 것이 아니던가! 영화가 인기를 끄니까 책이 다시 나왔으리라는 생각은 미처 못 했던 것이다.

어린 시절 읽은 『서유기』는 한 권짜리였다. 어린 나이에 그 책이 요약본이라는 사실을 알았을 리 없다. 그냥 재미있고 흥미로웠다. 아마도 손오공의 현란한 변신술과 권선징악이라는 주제에 만족했을 터이다. 못내 아쉬웠던 점은 이사를 자주 다니느라 어렵게 구했던 『서유기』를 그만 잃어버렸다는 사실이다. 그때의 서운함이란, 과장하자면, 손오공이 여의봉을 잃어버린 격이었다. 궁핍했던 일상을 잊게 하고, 상상의 나래를 맘껏 펼치게 했던 『서유기』를 잃어버리면서 나의 어린 시절도 막을 내렸다.

원하지 않아도 어린 날의 추억은 반드시 되살아나기 마련이다. 직장 생활을 하던 어느 날, 불현듯 『서유기』를 다시 읽고 싶다는 생각이 들었다. 이때쯤에는 초등학교 시절에 읽은 『서유기』가 요약본이었다는 사실은 알고 있었고, 삼장법사 일행이 만났던 그 숱한 요괴를 한 개인의 마음에서 일어난 욕망의 화신으로 이해할 만한 수준이 되었다. 대형 서점을 뒤져보았지만, 어린이용 『서유기』만 있을 뿐이고 완역본은 없었다. 이번에도 헌책방을 찾았지만, 이상하게도 유독 『서유기』만 없었다. 이런 와중에도 『서유기』 바람은 불었다. 일본에서 『서유기』를 현대적으로 재해석한 만화가 공전의 히트를 쳤고, 그 책이 국내에 소개됐다. 이에 질세라 국내 만화계의 대표 주자가 한국판 『서유기』를 발표했고, 이 작품은 나중에 텔레비전 애니메이션으로 제작되어 어린이를 사로잡았다. 그런데도 사람들은 이상하게 여기지 않았다. 제대로 된 『서유기』 완역본이 서점가에 나와 있지 않다는 사실을 말이다.

그러던 어느 날, 신문에서 눈에 띄는 기사를 발견했다. 한 문화 재단이 외국 문학 번역 작업을 지원하기로 했다는 내용이었는데, 이 재단 관계자가 한 말이 가슴에 다가왔다. 한 나라의 문화를 풍요롭게 하려면 외국 문화의 소개가 절실하다는 것은 누구나 다 아는 바이다, 하지만 우리의 번역 상황이라는 게 너무나 좁고 얇다, 그 일례가 『서유기』 완역본이 없다는 것이다, 라는 내용이었다. 나는 순간 무릎을 치면서 나와 같은 생각을 한 사람이 있다는 사실에 놀랐다. 『삼국지』는 과포화 상태였다. 이름 있는 작가들이 경쟁적으로 번역을 하거나 평설을 해서 서점가에 책이 넘쳐났다. 『수호지』도 제법 나와 있었다. 그렇지만 『서유기』는 없었다. 나중에 알았지만, 연변 조선족 학자가 번역한 책이 있었는데, 이상하게도 직접 보지는 못했다.

그러다가 마침내 국내에도 『서유기』(임홍빈 옮김, 문학과지성사, 2003) 완역본이 나왔다. 문학과지성사가 펴내는 '대산세계문학총서' 가운데 하나로 출간되었다. 반갑고 기쁜 마음에 책을 급하게 읽어 가며 안타까운 한숨을 그치지 못했다. 좀 더 일찍 나왔더라면 얼마나 좋았을까 하면서 말이다. 복거일의 정의대로 이 소설은 "7세기 당의 고승 현장이 천축에서 불경을 얻어 온 역사적 사실에 바탕을 두고 의인화된 동물들을 주인공들로 내세운 동물 환상소설"이다. 어린 시절부터 축약본이나 만화로 보아온 터라 대강의 줄거리는 짐작하는 대로다. 그러나 이 소설의 참된 가치는 환상과 상상, 그리고 풍자와 해학을 통해 타락한 현실 세계를 비웃고, 인간의 욕망을 깊이 있게 살피는 데 있다. 그래서 이 소설을 읽는 즐거움은, 문학 평론가 성민엽의 말대로, "서술과 묘사의 디테일 속에" 있다. 줄거리라는 뼈대를 감싸는 풍성한 육질에 주목하라는 뜻이다. 권모술수와 모략이 넘쳐나는 『삼국지』를 더는 고전 취급하지 말라는 과격한 발언은 삼가겠다. 그러나 『삼국지』의 대척점에 『서유기』가 있으며, 그 정신의 높이에서 분명히 『삼국지』를 능가하는 것이 바로 『서유기』라는 점만은 힘주어 말하고 싶다.

하지만 나는 앞의 말을 번복하고 이 자리에서 굳이 시간 들여 『삼국지』를 꼭 읽을 필요가 있겠냐는 과격한 발언을 하고 싶다.

이유는 이미 앞에서 다 말했으니, 되풀이하지 않아도 될 터. 그런데도 여전히 『삼국지』에 대한 미련을 벗어버리지 못했다면, 다시 한번 과격한 발언을 하거니와, 굳이 이름난 소설가가 우리말로 옮겼다고 나부대는 『삼국지』보다는 고우영의 『삼국지』를 보라고 말이다. 더 재미있고 더 흥미롭고 더 웃기니 말이다. 거기다가 화장실이든 버스이든 장소 불문하고 짬짬이 시간 날 적마다 볼 수 있으니 금상첨화 아닌가. 남들이 다 좋다고 해서 무작정 따라 하는 것이 꼭 옳은 일만은 아니다. 거기에 문제가 없는지, 왜 그러는지, 다른 대안은 없는지 한 번쯤 고민해볼 필요가 있다. 권위를 무조건 인정하고 기존의 독서 목록을 맹신하는 것은 옳은 독서법이 아니다. 외려, 따지고 의심하고 비웃어보기도 할 때 새로운 지평이 열리게 마련이다. 읽든 말든, 『삼국지』를 주제로 한번 고민해보는 것도 값진 일이라 믿는다.

왕도는 없으나
방법은 있다

책벌레로 소문나다 보니, 주변에서 어떻게 하면 좋은 책을 골라낼 수 있는지, 책을 잘 읽는 방법은 무엇인지 묻는 경우가 많다. 그럴 적마다 상투적이긴 하지만 "왕도는 없는 법"이라 대답하는데, 묻는 이는 대부분 실망한 표정을 짓는다. 무언가 대단한 비책을 숨기고 있지는 않은가 하는 의문을 품거나, 소문만큼 대단한 사람은 아닌 모양이라고 판단하는 듯싶기도 하다. 하나, 그 분야에서 최고라고 하는 사람에게 물어보라. 도대체 어떻게 하면 그렇게 되느냐고. 아마도 대부분 왕도는 없고 즐겁게 꾸준히 하다 보니 지금에 이르렀다 대답할 터이다.

다른 무엇보다 책읽기야말로 왕도가 없다. 사회가 발전하고 분화하다 보니 관심사도 다양해졌다. 전문가가 읽었다는 책이 반드시 도움될 리 없다. 제도 교육에서는 독서 교육이 제대로 뿌리내리지 못했다. 그러다 보니 책 읽는 수준이 천차만별이다. 전문가가 아무리 감동 깊고 의미 있는 책이라 말해도 어려워 못 읽는다면 아무 소용 없는 일이다. 이러저러한 방법으로 책을 정확하게 빨리 읽고 있다 해도 그 방법을 곧바로 따라 할 수 없다. 교양의 수준이 같을 때 비로소 가능해진다. 그러므로 거듭 말하거니와 책읽기에 왕도는 없다.

그렇다고 도와줄 만한 말이 전혀 없는 것은 아니다. 책벌레가 되는 과정에서 겪은 여러 경험을 종합하면 얼추 그려지는 게 있다. 그러나 어디까지나 밑그림 정도일 뿐이지, 누구에게나 통용되는 '만병통치약'은 아니다. 재미 삼아 읽어보고, 창조적으로 활용하면서 자기만의 방법을 찾아야 한다는 말이다.

좋은 책을 고르는 방법이 있다. 책을 읽어보면 안다. 잠깐, 성내지 마시길. 누구나 아는 이야기를 늘어놓으려는 바는 아니다. 책을 다 읽고 나서 좋은지 나쁜지 결정하려면 너무 긴 시간이 든다. 시간을 절약하면서 좋은 책을 고르는 방법이 있다. 먼저, 책의 표지에 실린 글귀와 작가 소개를 읽어보면 된다. 물론, 광고성 문구가 가득 들어차 있어 혼란스럽겠지만, 잘 읽어보면 책의 주제와 강조점이 요령껏 정리되어 있음을 알게 된다. 지금 나에게 필요한 책인지 파악하는 데는 도움이 된다. 아직 판단이 서지 않으면 목차를 보라. 그 두꺼운 책의 내용을 요약한다 해보자. 줄이고 줄이면 무엇이 남을까? 그 책의 골격인 목차만 남는다. 책에 목차가 있는 걸 요식행위로 보지 마라. 차분히 읽어보면 책 전체의 내용이 머릿속에 그려지니, 읽을지 말지 결정하는 데 도움이 된다.

이 정도 시간을 들였는데도 아직 판단이 서지 않는다면, 서문을 보면 된다. 물론 개중에는 감사패를 잔뜩 늘어놓은 듯한 서문도 있다. 그런 책은 안 보면 된다. 서문이란 본디 책을 쓰게 된 동기, 책에서 문제 삼고자 한 주제 의식, 그것을 풀어나가려고 부여잡았던 고민거리를 함축적으로 풀어놓은 마당이다. 읽어보면 그 책이 대략 무슨 내용을 담았는지 짐작하게 된다. 그러니, 읽어볼 만한 책인지 아닌지 결정하는 데 큰 도움이 되게 마련이다. 더욱이 중요한 사실이 하나 있다. 서문은 책으로 들어가는 출입구다. 그런데 서문이 제대로 쓰이지 않았다면, 속된 말로 볼 장 다 본 셈이다. 문제의식이 없거나, 주제가 애매하거나, 문장이 인상 깊지 않다면 그 책은 돈 들이고 시간 들여 읽을 가치가 없다는 뜻이다.

스스로 책을 골라내는 것만큼 좋은 일은 없다. 이런 능동성이 쌓이다 보면 전문가 수준에 이르기도 한다. 그렇다고 마냥 혼자 해낼 수만은 없다. 특히 평소 책을 멀리하던 사람에게는 어려운 일이기도 하다. 그럴 때는 '인적 자원'을 적극적으로 활용해야 한다. 평소 책 많이 읽는 친구를 사귀어두라. 그 책을 썼거나 만들었거나 파는 사람이 아닌데도, 자발적으로 그 책이 좋다고 떠벌리는 사람의 말은 믿을 만하다. 더욱이 비슷한 연령에다 관심사도 같았다면 독서 수준 또한 맞을 가능성이 크다. 우리 주변에 술친구는 얼마나 많던가. 그렇다면 한번 눈길을 돌려보라. 수변에 책을 좋아하는 이가 있어 늘 좋은 책을 공짜로 소개받은 적이 있던가. 세상 살아가면서 많은 친구가 필요하지만 책 열심히 읽는 이를 가까이 두는 것도 큰 복이다.

신문 북섹션도 큰 도움이 된다. 훈련받은 기자는 책의 내용을 요령껏 줄여 말하는 데 능하다. 더욱이 그이들의 촉수는 시대적 관심사에 맞닿아 있다. 책 많이 읽는 사람에게 리처드 도킨스는 무신론자로 유명하다. 그가 『만들어진 신』(이한음 옮김, 김영사, 2007)을 쓴 것은 일견 당연하다. 그러니까 지금 당장 읽을 필요가 있는 것은 아니다. 그러나 기자는 다르다. 종교 충돌의 시대에 유명한 과학 저술가가 무신론을 공격적으로 말했다는 것은 그 가치가 다르다. 더욱이 선교 활동을 나간 이가 탈레반에 납치된 이후 한국 기독교의 공격적 선교에 대한 국민여론이 나빠졌다. 때마침 나온 『만들어진 신』은 그런 측면에서 시사성을 띤다. 책을 지나치게 시류에 맞춰 읽는 것이 적절한 것만은 아니다. 그러나 그렇게 읽는 것이 꼭 나쁘기만 한 방법이냐면, 결코 그렇지는 않다.

인터넷 시대를 맞이해 활성화한 '서평 블로거'도 활용할 만하다. 서평 블로거는 연령별로는 30대가, 성별로는 여성이 활발히 활동하는 것으로 조사되었는데, 이는 어린이, 실용서, 소설 분야에서 믿을 만한 서평이 많다는 뜻으로 받아들이면 된다. 일반 대중이 자신의 눈높이에 맞는 책을 추려내고, 이에 대한 감상문을 실어놓았다는 점에서 책 고르는 데 도움이 된다.

먹을거리를 보기만 해서는 영양분을 섭취할 수 없다. 몸에 좋은 영양분을 공급하려면 제대로 먹어야 하는 법이다. 마찬가지로 좋은 책을 골라냈다면, 잘 읽어야 한다. 책읽기에도 섭생법이 있다. 실용서를 처음부터 끝까지 다 볼 필요는 없다. 더욱이 같은 주제를 다룬 책을 몇 권 읽었다면, 그다음부터는 새로운 것만 골라 읽으면 된다. 중복이 많은 탓이다. 대체로 서문과 결론만 봐도 무슨 내용인지 안다. 소설을 실용서처럼 읽어서는 안 된다. 꼼꼼하게 감정 이입하며 읽어야 한다. 각별히 문학은 이른바 전작주의 독서법을 권할 만하다. 한 작가의 작품을 다 읽어보는 것이다. 그때 비로소 작가의 독자적인 세계관과 오롯이 만날 수 있다. 인문서는 같은 주제를 다룬 서로 다른 경향의 책을 함께 읽어보는 것이 좋다. 특정한 입장만 강조하는 책을 읽어서는 균형 잡힌 시선을 확보하기 힘들다. 권정관의 『지식의 충동, 책 vs 책』(개마고원,

2007), 고종숙의『책 대 책』(사이언북스, 2014), 장인용의『고전 vs 고전』(개마고원, 2021)을 보면 도움을 받을 수 있다.

웰빙의 시대다. 너도 나도 몸에 좋은 먹을거리를 얻으려고 돈과 시간을 아끼지 않는다. 그렇다면 우리의 정신에도 최소한 그만큼의 노력은 기울여야 하지 않겠는가. 왕도는 없지만, 방법은 있다. 꾸준히 책을 읽어나가며 이런지런 방법을 시도하다 보면 자신에게 딱 맞는 것을 찾아내게 된다. 그때, 당신도 전문성을 얻게 된다. 책벌레가 자라서 도서 평론가가 되는 법이다.

'억지로'와 '저절로'
사이에서

과연 우리 청소년 출판이 활성화하지 못했느냐, 하는 문제에 대해서는 각기 다른 반응을 보일 터이다. 그리고 활성화 대책 운운하는 것을 두고 신경질적인 거부 반응을 보일 사람도 있을 터이다. 더욱이 출판계 처지에서 보는 것이나 학교 현장에서 살피고 있는 것, 그리고 청소년이 느끼는 것 사이에도 큰 차이가 있다. 그리고 그 원인에 대해서도 각기 다른 처방을 내놓고 있는 것이 현실이다. 그 차이는 모두 인정하고 수용한다고 해도, 나는 우리 청소년 출판이 활력을 띠지 못하는 가장 큰 원인을 학교가 책을 읽지 않아도 되는 교육 시스템에 놓여 있기 때문이라고 본다. 물론, 우리의 교육 시스템은 과거보다 현격히 달라졌으며, 교육 주체의 한 축을 담당하는 교사의 헌신적인 노력으로 상황이 개선된 것이 사실이다. 그런데도 만족스럽지 못하다.

책 읽는 학교를 세우기 위한 노력은 크게 두 가지로 나뉜다. 그 하나는 '억지로'이고, 다른 하나는 '저절로'라 이름 붙일 수 있다. 교육 행정을 맡은 집단은, 새로운 시대가 지식 경영의 시대임을 인정하고 학교 현장에서 학생이 책을 읽도록 유도하는 방법으로 인증제를 선호하는 듯싶다. 읽어야 하는데 읽지 않으면, 읽게끔 하는 제도적 장치를 만들자는 주장이다. 나는 이 같은 움직임을 부분적으로 높이 평가한다. 책읽기를 제도적으로 수용하려는 노력의 한 결과라 보기 때문이다. 방법이 과연 적절하고 옳은 것이냐는 물론 다른 문제이지만 말이다.

이에 반해 자발적으로 독서 운동을 펼치는 교사 집단이나 시민 운동가는 인증제에 격렬할 정도로 반대했다. 그런 식의 독서 교육은 결과적으로 청소년을 책에서 멀어지게 할 것이라 보기 때문이다. 이 같은 반발을 함부로 무시할 사람은 없다. 냇가까지 말을 몰고 갈 수는 있으나 억지로 물을 먹일 수는 없는 법이다. 운동가의 관점은 책읽기의 본디 가치인 무상성을 강조하고, 스스로 책의 세계에 빠지도록 돕자는 데 초점을 맞추고 있다. 맞는 말이다. 다만 왜 청소년은 책의 세계에 좀처럼 빠져들지 않을까, 라는 질문에 선뜻 답변하기가 곤란하겠지만 말이다.

　나는 억지로 책을 읽혀서도 안 되지만, 저절로 읽게 되리라 믿기만 해서도 안 된다고 생각한다. 억지로 읽히려는 마음에는 국가 경쟁력 강화라는 큰 목적의식이 앞서 있다. 창의력 있는 노동자로 키워내려는 것은 국가 교육의 당연한 목적이다. 그러니, 책을 읽게 하려 한다. 그런데 왜 억지로라는 인상을 줄까. 근본적으로 입시 제도를 개혁하지 않고, 그 영향권 안에서 책을 읽게 하는 장치를 보조적으로 만들려다 보니, 이런 일이 발생한다. 입시 제도는 뜻있는 사람들의 대안 제시에도 왜 바뀌지 않을까. 우리 사회가 여전히 학벌 사회인 탓이다. 나는 교육 당국의 '억지로' 독서 정책을 고육지책이라고 판단한다. 새 술을 헌 부대에 담으니 터질 수밖에 없다.

　나는 저절로 읽게끔 하자는 주장을 지나치게 순진한 발상이라고 본다. 책을 읽는 행위는 결코 쉬운 일이 아니다. 본디 그러한데 영상 매체가 범람하는 시대에 책의 세계에 입문하는 것은 더욱 어려운 일이다. 그렇다면, 여기에는 무척 세련된 프로그램이 필요하다. 책의 가치를 가르치고 책 읽는 방법을 일러주고 책을 읽도록 이끌어야 한다. 여기에 그친다면, 그것은 새로운 시대에 걸맞지 않다. 읽고 나서 알거나 느낀 바를 공유하는 과정을 거치도록 해야 한다. 이것이 학교 도서관만 활성화하면 저절로 이루어질까. 좋은 책을 권하기만 하면 저절로 되는 일일까. 더욱이 무상성의 독서가 과연 책읽기의 유일한 목적인가도 고민해야 한다. 책을 읽는 전통적인 목적은 지식 습득과 인격 형성에 있다. 이 가치를 부정할 수 있느냐 하는 말이다. 더욱이 새로운 시대에는 위안의 독서가 중요하다. 삶의 근거가 빠른 속도로 바뀌는, 유목의 시대는 자신의 정체성을 확인해주고 새로운 삶을 살도록 격려하는 정서적 위안도 중요하다. 무상성의 독서는 제도적 독서가 자리잡으면서 벌어지는 문제점을 치유하는 데 더 큰 가치가 있다.

나는 책 읽는 학교를 세우는 길은 '억지로'와 '저절로' 사이에 있다고 믿는다. 그 길이 무엇인지 내가 명확히 말할 수는 없다(알면 내가 교육부 장관을 하겠다). 입때껏 내가 생각한 바를 정리하면 이렇다. 나는 학교에서 교과서가 없어져야 책 읽는 학교가 가능하다고 생각한다. 교육자치단체는 학년별, 교과별 탐구과제만을 정해주고, 해당 교사가 거기에 해당하는 책을 선별, 추천해 학생이 그 책을 읽는 프로그램이 대안이 될 성싶다. 학생은 교사가 추천한 책을 학교 도서관이나 공공 도서관에서 직접 찾아 읽어보고, 이를 수업 시간에 토론식으로 소화해나가면 된다.

물론, 이를 가능케 하려면 학벌 사회를 깨나가는 교육 운동이 선행되어야 한다. 이것은 교육 주체만의 문제가 아니라 사회 민주화와 밀접한 관련이 있다. 지금 내가 이 자리에서 말할 수 있는 것은, 일제시대 때 책읽기 운동은 독립운동이었고, 독재 시대 때 책읽기 운동이 민주화 운동이었다면, 오늘 우리에게는 교육 운동이라는 점이다. 책 읽는 학교가 만들어지면, 억지로 청소년 출판 시장을 활성화하지 않더라도, 저절로 청소년 출판이 활성화되리라 믿는다. 이상적인 이야기를 마구 늘어놓는 것도 무책임한 일일 수 있다. 답답한 현실에서 벗어나는 길을 제시해보면 다음과 같다.

책 있는 학교가 되어야 한다

앞으로 책 읽는 사람이 그 사회의 엘리트층이 될 가능성이 크다. 이미 조짐은 뚜렷이 나타났다. 독서와 토론 과목에 대한, 이른바 명문대와 그렇지 않은 대학의 반응차가 이런 예측을 강화한다. 책 읽는 능력이 한 인간의 경쟁력을 좌우할 가능성이 크다면, 책 읽자는 운동은 지극히 정치적인 색깔을 띨 수밖에 없다. 정치적 이념을 가리키는 것이 아니라 계층별 차이를 최소화하거나 철폐하자는 평등 운동의 성격을 띤다는 말이다.

각별히 책 읽는 능력은 뒤늦게 개발되기보다는, 청소년 시절에 키워야 한다. 때늦으면, 그만큼 사회 격차를 좁힐 가능성이 줄어드는 데다, 대체로 그러하듯 청소년 시절에 미리 익혀두면, 사회 변화의 폭이 아무리 크더라도 스스로 적응할 가능성이 크다.

책 읽는 학교가 특별한 청소년만을 대상으로 하는 것이 아니라, 교육받는 모든 사람을 대상으로 한다고 했을 때, 학교에는 반드시 책이 있어야 한다. 부모의 경제 지위에 따라 책에 대한 접근권이 제한적으로 보장된다면, 책 읽는 행위는 결코 계층을 넘어서는 계기를 마련하지 못할 뿐 아니라, 외려 이를 강고하게 하는 부작용을 낳을 뿐이다.

책 읽는 학교로 가는 지름길은 학교 도서관의 위상을 높이고 적극적으로 투자하는 데 있다. 다행히 이 점은 지속적인 지원이 이루어지고 있어 과거보다 훨씬 나아졌다. 학교 운영비에서 도서 구입비를 책정하는 방안은 책 있는 학교를 만드는 데 이바지했다. 특별히 도서 구입비의 증가는 청소년 도서 활성화에 긍정적인 영향을 미친다. 현행 입시 제도 아래에서는 학생이 자발적으로 책을 구입하는 데 명백한 한계가 있다. 그러나 공공적 성격을 띤 학교 도서관이 다양한 기준을 근거로 청소년 도서를 구입한다면, 출판계에서 청소년 책을 기획하고 출판할 가능성은 그만큼 더 커진다. 시장이 있으면 산업은 움직이게 되어 있다.

책 있는 학교로 가는 데 아직 걸림돌이 수두룩하다. 사서 교사 확충 문제는 쉽사리 해결되지 않고 있고, 책 있는 학교가 책 읽는 학교를 세우는 역할을 어떻게 해야 하는지에 대해서도 아직 구체적인 대안이 제시되지 않았다. 도서관 연계 수업이 궁극적 해결

책은 아니다. 그래서 다시 문제는 제자리로 돌아간다. 책 읽는 학교가 되기 위한 근본적인 변혁 없이는 책 있는 학교는 별 의미가 없게 된다. 자칫하면 학교 도서관이 '책의 납골당'으로 전락할 수도 있다는 뜻이다.

책이 나올 수 있는 시스템을 마련해야 한다

사사로운 이야기 하나. 몇 해 전 도서관 운동을 하는 교사를 만난 적이 있다. 학교 도서관의 도서 구입비가 늘어나 책 살 여력이 생겼는데, 막상 서점에 가면 좋은 책이 없다는 말이 나왔다. 교육계의 변화보다 출판계의 대응이 무척 더디다는 분석이었다. 그자리에서 구체적인 반박은 하지 않았지만, 그 교사의 그런 정서에는 문제가 있다. 상대방에게 문제가 있다고 떠넘기는 것은 말하기에는 속 시원하겠지만, 현안을 해결하는 적극적인 대안을 제시하지는 못한다. 같은 자리에 모인 것은 함께 문제를 공유하고 해결책을 찾아가기 위해서다. 열정보다 열린 마음이 더 중요한 이유다. 내 입장에서 도서 구입비의 증대가 출판 활성화로 확대되지 않는 이유를 몇 가지 들면 다음과 같으니, 이것으로 청소년 출판 활성화를 위한 대안으로 내세우겠다.

첫째는 좋은 책의 의미를 일부 교사나 단체가 사실상 독점하는 이상 시장 활성화에는 일정한 한계가 있다는 점이다. 청소년 도서의 경우 좋은 책을 가려 뽑는 일이 일반 교양 도서와 달리 어려운 점이 많다. 윤리적, 이념적 차원에서도 까탈스러울 수밖에 없으며, 지식의 전달 방법에서도 적절한 난이도를 고민하지 않을 수 없다. 추천 작업 그 자체를 문제 삼을 수도 있다. 좋은 책을 제한하는 보이지 않는 손이 될 수도 있고, 시장에 미치는 영향 때문에 문화 권력 집단이 될 수도 있다는 비판도 나온다. 내가 여기에서 문제 삼고자 하는 바는 이런 근본적인 것이 아니다. 그것은 다른 자리에서 더 진지하게 논의해야 할 주제로 보이는데, 나는 청소년 도서를 선정하는 단체가 지극히 제한되어 있다는 점을 우려한다.

소수의 단체가 책을 선정, 발표하게 되면 예기치 못한 결과를 낳을 수 있다. 선정 과정의 객관성이나 엄밀성보다는 결과만을 쉽게 공유하려는 경향이 나타나기 때문이다. 책을 읽혀보자는 말이 나오면서 이런 현상은 쉽게 확인된다. 특정 기관이 발표한 자료가 무비판적으로 수용되면서 학교 일선의 추천 목록에 큰 영향을 미친다. 이럴 경우 한번 선정된 책은 안정적인 시장을 확보하게 되지만, 그 수혜층이 제한되면서 시장 전반에 긍정적 영향을 미치지는 못한다. 거기에 출판계에는 일부 브랜드 가치가 높은 출판사의 책이 자주 선정된다는 피해 의식이 널리 퍼져 있는 실정이라는 점을 감안해야 한다. 물론 일선 학교 현장의 독서 운동가가 시장 활성화까지 신경 써야 할 이유는 없다. 단지 시장이 활기를 띠지 못해서 좋은 책이 제한되어 있다는 문제의식만 있어도 출판계 처지에서는 원군을 얻은 셈이다.

나는 좋은 책을 선정하고 추천하는 것만 있는 현상을 우려한다. 이에 대한 가장 적절한 대안은 미국의《스쿨 라이브러리 저널》같은 잡지의 창간이다. 시장에 나오는 책의 정보를 공유하고, 각 책에 대해 서로 다른 가치관을 기준으로 평가하며, 이에 대해 이의를 제기하고 논쟁하는 과정이 선행되어야 한다. 이런 '논의의 용광로'를 거친 다음에 더 많은 단체가 도서 선정 결과를 발표하는 것이 순리이다. 그럴 때 선정된 책의 권위가 확보되고, 배제되는 책이 최소화하는 결과를 가져올 것이다. 특별히, 나는 교사만이 책을 선정, 발표하는 것이 아니라, 교육 주체를 이루는 학생이나 학부모도 이 작업에 참여해야 한다고 본다. 여기에 책 읽는 일을 즐겨 하는 일반인까지 동참한다면 금상첨화일 터이다.

둘째, 좋은 청소년 책이 나오지 않는 데는 잠재적 집필 집단인 교사에게도 문제가 있다는 점이다. 청소년이 알아야 할 지식과 그 수준을 정확히 파악하는 데에서 교사를 능가할 집단은 없다. 그럼에도 청소년을 대상으로 한 교양 소설이나 교양 도서를 집필한 교사는 제한되어 있다. 그 원인으로는 청소년 도서를 집필할 만한 능력이 있는 교사가 많지 않다는 점, 교과서나 참고서 집필보다 경제적 대가가 적어 참여하지 않는다는 점, 현장의 업무가 많아 집필할 짬을 내기 어렵다는 점 등을 들 수 있을 듯싶다.

필자 기근을 해결하기 위해 출판계는 번역에 매달리고 있다. 교사가 교양 도서 집필에 나설 수 있는 제도적 장치를 마련해야 하는 시급한 이유다. 다른 무엇보다 경제적 성과가 크다면, 능력 있는 교사가 집필할 가능성이 클 것이다. 당장 시장에서 많이 팔려 큰돈을 벌 수 있다면 좋겠지만, 그럴 만한 상황은 아니니 공공 성격을 띤 기관이나 단체가 나섰으면 좋겠다. 분야별로 좋은 청소년 책을 쓴 교사나 집필자에게 혜택이 돌아갈 수 있는 지원책을 마련해달라는 말이다.

셋째는, 청소년 책이 시장에 나올 수 있는 사회적 배려가 부족하다는 점이다. 출판은 모든 문화 상품이 그러하듯 문화 요소와 함께 산업 요소도 있다. 산업이라는 점에서 경제성이 보장되지 않으면 아무리 문화성이 높아도 책을 내기 어렵다. 우리 출판은 그런 점에서 문화성이 높은 산업 분야였다. 국가나 사회의 지원 없이 출판이라는 산업이 이 정도 성장한 것은 놀라운 일이다.

우리 사회의 빈약한 출판 지원 정책은 그나마 대체로 출판이 된 다음에 작동한다. 땅을 팔든 집을 팔든 일단 종잣돈을 개인적으로 마련해 책을 낸 다음에야 손길을 뻗는다. 나는 이런 풍토를 바꿔야 한다고 본다. 잘못하면 돈을 날릴 수도 있다는 중압감은 좋은 책을 출간하고자 하는 의지를 꺾는다. 그래서 공공 성격을 띤 기관에서 청소년 책 기획서를 받아, 이를 검토하고 내용이 좋은 것으로 판단되는 책에 경제적 지원을 하자는 것이다. 이때 비로소 시장에 좋은 청소년 책이 넘쳐날 것이다. 사후가 아니라, 사전에 지원하자는 말이다.

눈높이에 맞게,
그러나 눈높이를 넘어

강연만 나갔다 하면 자주 받는 질문이 있다. 그동안 책을 읽어오지 않았는데, 이러저러한 사정으로 책을 읽기 시작했다는 것이다(말이라도 내 강연을 듣고 결심했노라 하는 이는 만난 적이 없다). 그런데 신문이나 텔레비전에서 소개하는 책을 읽을라치면 도대체 무슨 소리인지 알아듣지 못하겠단다. 자다가 봉창 두드리는 소리가 따로 없다는 뜻이다. 가치 있고 의미 있는 책이라 전문가가 읽어보라는 것은 알겠지만, 열 쪽을 못 넘기겠으니 어쩌면 좋겠냐는 것이다.

이런 질문을 하도 받은지라 모범 답안이 이미 준비되어 있다.

그렇지만 무조건 답안을 보여주지는 않는다. 잘난 척하거나 놀리려 부러 그러는 바는 절대 아니다. 일단, 질문한 사람을 격려해야 마땅하다. 책 읽지 않고도 잘 살 수 있다고 여겼으나, 막상 살다 보니 그렇지 않다는 사실을 깨달았고, 뒤늦게나마 다시 읽기 시작했다니 얼마나 기특한 일인가. 청소년이라면 입시에 대한 부담을 떨쳐버리고 책을 읽을 터이고, 성인이라면 먹고살기 바쁜 와중에 짬을 냈다는 말일 터이다. 그러니, 어찌 칭찬부터 하지 않을 수 있으랴.

다음으로는 좋은 책이라거나 꼭 읽어보아야 한다는 책을 쉽고 재미있게 빨리 읽어내는 사람은 뜻밖에 적다는 점을 일러준다. 한 사회가 기대하는 지적 역량이 있다. 여기에 이르려면 반드시 읽어야 하는 책이 있는 법이다. 대체로 이런 유의 책은 청소년이나 '개심자'가 읽어내기 어렵다. 그러니 괜히 주눅들 필요 없다. 만약 여기서 절망한다면 책을 다시는 읽지 못할 수도 있다. 때로는 다 알고 있다고 젠체하는 사람 가운데도 제대로 이해하지 못한 사람이 있다고 약간 과장해서 말한다. 때로는 솔직하게 나 같은 책벌레도 읽다가 고개를 절레절레 내저은 책이 한두 권 아니었다고 고백한다.

마지막으로 현재의 교양 수준에서 재미있게 읽으면서 이해할 수 있는 책을 고르라고 한다. 청소년이라면 어린이 책을 읽는 것도 괜찮다. 장편 동화도 좋고 그림책도 좋다. 만화책이면 어떠랴 (눈치 보이면 포장지로 표지를 싸면 된다). 무슨 말인지 알겠고 읽으면서 흥미로웠다면 좋은 책이다. 성인이라면, 아이에게 소리 내어 읽어 줄 만한 책부터 골라보라 권한다. 처음에는 무슨 말인지 모른다. 하지만 곧 알게 된다. 아이 수준에 맞는 책이라 얕보았지만, 그리고 혼자 읽을 적에는 몰랐지만, 소리 내어 읽어주다 보면 자신이 먼저 감동하리라는 사실을.

눈치챘겠지만, 나는 양서의 개념을 새롭게 정의하고 있다. 책 많이 읽고 잘 이해하는 사람이 정한 양서가 있다. 어제를 되돌아 보고, 오늘을 이해하며, 내일을 비춰보려면 꼭 읽어야 하는 책이다. 고전이 그러하고, 이른바 양서 목록이 그러하다. 그렇지만 읽어도 도통 이해하지 못한다면, 읽다가 질려버린다면 그것이 좋은 책일 리 없다. 그러니까 나는 두 종류의 양서가 있다고 말하는 셈이다. 그 하나는 '사회적 양서'이고(고전이나 양서 목록이 여기에 든다), 다른 하나는 '개인적 양서'라 이름 지을 수 있다.

아무리 많은 사람이 좋은 책이라 떠벌리더라도 읽은 사람을 감동시키고 변화시키지 못한다면 좋은 책이 아니다. 나만의 양서가 있으니, 극단으로 말해 그 누구도 감동하지 않았으며 사회에 끼친 영향이 아예 없더라도, 오로지 읽은 그 사람만을 사로잡은 책이 있다면 바로 그것이다. 그러니, 남이 필독서라 칭하는 책을 읽지 못했다고 해서 주눅들 필요 없다. 중요한 것은, 책을 읽은 덕에 나에게 일어나는 그 어떤 것이다. 그것을 경험하면, 앞으로 책을 스스로 잘 읽어나갈 수 있다(나는 이를 일러 '책의 세례'를 받았노라 표현한다). 그러니 남이 읽어보라고 하는 책보다 지금 내 눈높이에 맞는 책을 읽어야 한다. 어려운 책을 잘 읽어내는 사람도 그 단계를 반드시 거쳤다. 물리학자 장회익 교수도 같은 말을 《공부도둑》(생각의 나무, 2008)에서 한 적이 있으니, "자기가 현재 아는 수준에 맞추어 자기가 알고 싶은 것을 자기가 이해하는 방법으로 서술한 책이 가장 좋은 책이다. 그러니까 사람에 따라 크게 달라질 수 있다. 이런 점에서 나는 간혹 내게 맞는 책을 구할 수 있었는데, 이것이야말로 큰 행운이라고 할 수 있다."라고 했다.

그럼 문제가 해결되었냐 하면, 그렇지 않다. 눈높이에 맞는 책을 읽으라고 권하는 것이 뭐가 그리 어렵겠는가. 이 정도 말하면, 많은 사람이 흡족해 돌아간다. 처음에는 그것으로 넉넉하다 생각했다. 책읽기에서 가장 중요한 것은 습관이다. 평소 책을 가까이 하는 버릇이 들면 잔소리할 필요가 없다. 눈높이에 맞는 책을 읽다 보면 책읽기의 참맛을 알게 되고, 그러다 보면 책읽기가 몸에 배게 마련이다. 그러나 내면에서 일어나는 의문이 있었으니, '그러면, 그다음에는?'이 그것이었다. 책읽기의 궁극적 목표는 성장에 있다. 지금보다 더 나은 인식을 바탕으로 자신의 삶을 실천적으로 살도록 이끄는 데 있다는 말이다. 그렇다면 나는 너무 제한적이고 편의성을 띤 답변을 하고 만 것이 아닌가. 고민이 깊어졌다.

아무리 전문가라도 책읽기는 눈높이가 맞는 데서 시작하기 마련이다. 그렇다면 책읽기의 수준은 무엇을 계기로 한 단계 성장할까. 이 질문에 답하기는 쉽지 않다. 사람마다 계기가 다양할 수밖에 없는 데다, 누군가의 경험을 일반화해 말하기도 어렵다. 그렇다고 답을 회피할 수는 없다. 무조건 읽어야 한다는 말은 무책임하고, 어떻게 해야 더 나아질 수 있는지 곰곰이 살펴봐야 한다. 이런 와중에 퍼뜩 떠오른 생각이 있었다. 고등학교 시절, '문청'이라면 누구나 들고 다니던 니체의《차라투스트라는 이렇게 말했다》가 떠올랐다.

그 어린 나이에 누가 그 책의 내용을 제대로 이해했을까(솔직히 말하면 고등학교 때 들고 다녔던 이 책을 제대로 이해한 것은 나이 40줄에 들어 읽은 고병권의《니체의 위험한 책, 차라투스트라는 이렇게 말했다》[그린비, 2003] 덕이었다). 지금 생각해보면, 구별되기 위한 표식 행위가 아니었던가 싶다. '나는 이런 책을 읽는 사람이다, 너희는 고작 대학입시만 준비하고 있지, 공부는 나보다 잘할지 몰라, 그렇지만 왜 공부하는지 장차 무엇이 되려는지 고민해보았냐, 나는 이미 부와

명예를 멀리하고 문학이나 철학을 하려고 해, 나는 너희와 다른 사람이야. 이 속물아!' 이런 생각이 있어 그 책을 옆에 끼고 다녔으리라.

그러면, 이 치기 어린 행동은 아무 쓸모 없었을까. 꼭 그렇지는 않다. 무슨 말인지 모르지만 읽어나갔고, 무슨 뜻인지 몰라도 거듭해 읽어보았다. 모르면서 니체가 한 말이라며 대화에 인용하며 어깨를 으쓱거리기도 했다. 그러다 보니 교과서와 참고서를 신줏단지처럼 모시던 친구와는 분명히 다른 존재로 여겨졌다. 별난 놈이거나 특이한 놈으로 말이다. 그렇지만 거기에는 존중의 분위기가 더 강했다. 일찌감치 다른 길을 걸어가는 별난 아이라는 평가가 뒤따랐다. 그러다 보니, 더 책을 읽어야 했다. 뽐내며 살자면 그만한 투자가 따라야 하는 법이다. 어찌 니체만 들고 다녔겠는가. 헤세도 읽고, 톨스토이도 들고 다니고, 도스토옙스키도 읽은 척했다. 아는 것보다 더 많이 아는 척했고, 소화되지 않은 관념 덩어리를 침 튀겨가며 떠벌려댔다.

책은 묘한 존재다. 들고만 다녀도 효과가 있다. 읽어야 한다는 부담감, 읽은 사람다운 말을 할 줄 알아야 한다는 강박증도 일으킨다. 그러다 보면, 놀랍게도 어려운 책에 겁 없이 도전하게 되고, 거기서 나름의 깨달음도 얻는다. 책은 다산성(多産性)이다. 하나를 읽으면 끝내 열까지 읽게 한다. 비록 니체의 책은 이해하지 못하더라도, 니체 때문에 읽은 책, 이해하게 된 책이 수두룩하다. 청소년 시절 니체의 책을 들고 다녔던 이 가운데 많은 이가 문인이 되거나 인문학도가 되었으리라 믿는다. 눈높이보다 어려운 책에 도전해야 비로소 성장하는 법이다.

눈높이에 맞는 책만 읽다 보면 결국 제자리에 머물고 만다. 물론, 그런 책을 읽더라도 서서히 더 수준 높은 책을 읽을 수도 있다. 그러나 그 발전의 속도는 너무 더딜 것이 뻔하다. 책읽기에도 도전이 필요하다. 나름대로 책을 읽어왔다면, 이제 익숙한 눈높이보다 더 윗길에 있는 책을 읽어보아야 한다. 당연히 어려움이 따른다. 하지만, 기왕 시작했다면 끝까지 읽어보길 권한다. 중도에 포기하면 효과를 거둘 수 없다. 모르는 단어가 나오면 사전을 뒤적여가며 읽어야 하고, 헷갈리면 공책에 대강의 내용을 정리해가며 읽어야 한다. 빨리 읽으려고 하면 소용없다. 천천히, 마치 되새김질하는 소처럼 읽어야 한다. 한 번 읽어 안 되면 다시 읽어보는 우직함도 필요하다. 두 번째 읽으면 책의 조감도가 머릿속에 이미 자리 잡고 있는지라 처음보다 훨씬 이해하기 수월해지고, 지은이가 강조하는 바가 무엇인지 잘 짐작할 수 있다.

성장하려면 고통과 시간이 필요하다. 그것을 피하면 성장하지 못한다. 책읽기도 마찬가지다. '개인적 양서'에 만족하지 않고 '사회적 양서'마저 읽어치우는 책벌레로 거듭나려면, 눈높이보다 어려운 책도 읽어내야 한다. 비록 시작은 괴로울 터이나, 그 끝은 지적 희열로 가득하리라!

나만의 잣대를
만드는 일

아마 스스로 포장을 너무 잘하고 다녀서 그런 모양이다. 책 읽는 일을 업으로 삼다 보니, 사람들은 내가 어려서부터 책을 무진장 읽어온 줄 안다. 내가 포장을 잘하고 있다는 것은, 아닌데도 거짓부렁으로 그런 척했다는 것은 아니고, 구체적으로 묻기 전에는 먼저 자세히 말하지 않았다는 뜻이다. 사람들이 그리 짐작하는 듯한데, 내가 나서서 그런 오해는 하지 마시라고 할 이유는 없지 않은가. 짐작과 달리, 나는 어려서부터 책을 많이 읽은 부류에 들지 않는다. 1963년생으로, 남한의 가난한 동네는 다 찾아다니며 산 내가 책을 읽는다는 것은 애초에 기대하기 어려운 일이기도 했다. 아버지는 하루 벌어 하루 살기에 급급하다 나중에 공장 노동자가 되었고, 허약한 어머니는 공장에 나가거나 옥수수를 쪄 거리에서 팔거나 화장품 외판원을 해야 하는 상황에서 어찌 책을 마음껏 읽을 수 있었겠는가.

물론, 오늘에는 가정 형편이 어렵더라도 책을 구해 읽는 것이 훨씬 손쉬운 일이 되었다. 아직 부족하지만, 그래도 학교 도서관이나 공공 도서관에서 책을 공짜로 읽을 수 있는 사회 시스템이 자리 잡은 덕이다. 그러나 내가 어렸을 때는 그런 것은 눈을 씻고 찾아보아도 없었다. 청소년 시절 학교 도서관의 문에는 묵직한 자물쇠가 달려 있었다. 거기에다 교육을 통한 신분 상승에 목을 매다 보니 독서 교육이란 있지도 않고 뜻있는 교육자라도 입도 뻥긋하지 못할 상황이었다. 그래도 나는 책을 읽기는 하였다. 무슨 연유에선가, 아 철없어라, 어머니를 졸라 계몽사판 「세계아동명작전집」(기억이 가물거려 정확하지는 않다)을 월부로 사 게걸스럽게 읽어나갔다. 옛 기억을 거슬러 올라가면, 이 출판사가 독후감 대회를 연 모양이었고 나는 춘천지역 대표로 서울에 올라와 뭔가 끄적거리고 내려간 것 같다. 당시의 심사 위원은 반성해야 한다. 이토록 훌륭한 도서 평론가가 될 사람의 자질을 알아보지 못하고, 아무런 상도 주지 않았으니 말이다(농담이니, 독자여 제발 노하지 마시기를!).

많은 사람이 이를 갈며 말하는 '자유교양문고'도 나의 갈증을 씻어주는 데 좋은 역할을 했다. 집에 돌아가봐야 라디오밖에는 즐길 오락거리가 없다 보니, 학교에 남아 책 읽을 시간을 준 것이 차라리 좋았던 모양이다. 당시 읽었던 우리 역사를 빛낸 인물의 전기가 지금도 생각나니, 희한한 일이다. 성남으로 이사 와서는 조그마했던 학교 도서관을 이용했던 기억이 난다. 교실 한 간에 책을 놓고, 책상 몇 개가 있던 풍경이 떠오른다. 이용하는 학생도 별로 없었던 듯싶다. 그래도 나는 그곳에 자주 들락거린 모양이다. 나보다 내 어린 시절을 잘 기억하는 초등학교 동창은 내가 책벌레로 성장할 싹수가 있었다고 증언해주었다. 그날은 쥘 베른의 소설을 읽었던 것 같다(『해저 2만 리』?). 커튼 사이로 햇살이 지는 것을 보고, 집으로 돌아가던 모습이 생각난다. 아, 그때 나는 얼마나 외롭고 힘겹고 쓸쓸했던가(나이 50이나 되어야 느낄 정서를 그때 이미 겪었으니, 참로 고달픈 인생이었도다!).

당시에는 전집물이 유행했던지라, 술 한잔 걸친 아버지가 무거운 전집을 몇 세트 들고 왔다. 지금도 출판계에서 높이 평가하는 신구문화사의 「한국의 인간상」을 사니 「세계명작단편전집」과 「한국설화전집」도 끼워주었다. 6학년 때 독후감 숙제로 사도세자 편을 읽고 글을 냈으니, 나는 조숙한 편에 들었다. 내가 올되는 데 크게 기여한 것이 또 하나 있으니, 「한국설화전집」이 그것이었다. 이 책은 말이 설화지 전해 내려오는 온갖 음담패설을 모아놓은 책이었다. 내가 알아야 할 성에 대한 모든 것은 이 책에서 다 알았다. 그게 무언지 정확히 알지도 못하면서 좋은 것인지는 알았고 금단의 열매가 얼마나 달콤할지에 대한 기대 심리도 높아졌다(그러면 뭐 해, 머리에 피도 안 마른 6학년이었으니!).

나는 책을 읽고 싶어 국문과에 진학했다. 고3 담임이 어이없어 했다. 문학적 재능이 있는 것 같지 않고(내 경험에 비춰보면, 선생은 학생을 과소평가하는 데 익숙하다), 가정 형편이 어려운데 국문과라니. 차라리 사범대 국어교육과라면 몰라도, 선생 하고 싶지 않으면 대학을 낮춰 영문과에 가라고 성화였다. 그런데 나는 차라리 선생을 하면 했지 영문과에 가고 싶은 마음은 털끝만큼도 없었다(지금도 나는 남의 나라 말과 친하지 못해 큰 문제다). 그래서 국문과에 갔고, 중고등학교 시절 책을 엄청나게 읽어댄 괴물을 떼거지로 만나는 행운을 누렸다.

나는 일찌감치 세상의 유일한 잣대, 그러니까 알량한 시험 성적으로 영혼의 크기까지 재는 시스템에서 자유로웠던 아름다운 사람을 만났다. 그들은 세상의 잣대 대신 자신의 잣대를 들고 나섰다. 학벌이니 영어 실력이니 하는 잣대가 아니라 얼마나 문학적 형상화에 충실했냐 하는 잣대였다. 나는 이때부터 급성장했다. 대학 수업이라니, 그 초라하고 형편없는 것을 나는 일찌감치 포기했다. 책 읽으며 눈을 떴고, 선배와 토론하며 깨우쳤고, 그렇게 알게 된 것을 글로 쓰며 정리해나갔다. 비록 보잘것없는 사람이지만, 내가 무언가 세상에 이바지하는 게 조금이라도 있다면, 그것은 내 힘으로 이루어진 것이 아니라, 그 엄혹한 시대와 그것에 맞서고자 했던 숱한 사람 덕이다.

그럼, 한번 물어보자. 내 독서 편력에서 교육은 어떤 이바지를 했는가 하고 말이다. 초등학교부터 대학에 이르기까지 교육제도가 책을 읽게 한 바는 전혀 없다고 해도 지나친 말이 아니다. 고작 '자유교양문고' 정도이나, 이는 요샛말로 하면 방과 후 수업 형태였을 뿐이다. 나는 이것이 책 읽는 사회를 가로막는 최대의 주범이라고 여긴다. 도대체 공부한다는 것이 무엇이냐, 라고 질문해보자. 그것은 스승과 제자가 모여 함께 책을 읽고, 토론하고, 글을 써보는 것이 아닌가. 달리 표현하자면, 읽고, 말하고, 쓰고, 고쳐주는 연속 과정에서 지적으로 성장하는 것이다. 그러나 우리 교육현실은 어떠한가. 많이 나아졌다고 하지만, 여전히 주입식 교육이 대세를 이루고 교과서와 참고서만으로 수업하는 꼴이다. 여기에는 사고의 다양성이 끼어들 여지가 거의 없다.

나는 이즈음 자본의 책략이 다수의 사회 구성원을 '어린이-만들기' 시스템으로 몰아가고 있다고 여기고 있다. 말장난을 하자면, 교육의 핵을 제거한 난자에 오로지 돈 되는 것뿐인 체세포를

융합해 학교라는 자궁에 이식, 자본이 필요로 하는 줄기세포만 선택적으로 양성하는 것이 아니냐는 의구심을 품고 있다. 다 쓴 난자는 그 생명의 가치를 인정받지 못하고 내버려지듯 한 인간이 품고 있는 다른 가능성은 묵살된다. 정리하자면, 당장 자본이 필요로 하는 분야는 어른으로 만들어주지만(생산적 노동자 만들기), 나머지는 어린이로 만들어버리고 있다(소비자 만들기). 예의도 없고 열망도 없고 교양도 없는 이유가 여기에 있다. 오랫동안 교육이 꿈꾸어온 전인성은 다른 말로 하면, '어른-만들기'였다. 여기에는 변화와 성장이 열쇳말이었다. 그렇다면, 그것을 가능케 하는 매체는 무엇이던가. 바로 책읽기였다. 그렇다면, 우리의 교육은 책읽기와 어떤 관계가 있는지 되물어보자. 책읽기가 들어설 수 없는 우리의 교육은 '어린이-만들기'라는 자본의 요구에 충실할 뿐이다.

책읽기를 교육제도가 어떻게 수용해야 하는지를 놓고 논란이 일고 있다. 나는 교사가 이 주제를 교육 운동의 논리에서 풀어나가야 한다고 본다. 과격하게 말하자면 교과서와 참고서를 버리라는 말이다. 그렇게 해서 교육의 핵심에 책읽기가 들어오도록 해야 한다고 믿는다. 이를 위해 다른 나라의 교육과 책읽기 정책에 관심을 기울이고, 문화 논리에 편중된 여론을 교육 운동 차원으로 흡수하려는 노력이 필요하다. 나는 더는 나 같은 경험을 한 사람이 양산되길 바라지 않는다. 그 오랜 세월을 교육받으면서 제대로 된 독서 교육을 경험하지 못했다는 사실은 우리 교육의 오점이자 수치이다. 한 개인의 노력으로 지식과 교양을 쌓는 것이 아니라, 교육 시스템으로 그것이 가능하도록 이끌어야 한다. 그러지 못하다면 학교는 죽은 것이며, 차라리 '탈학교'해야 한다(나와 생각이 같은 교사를 뒤늦게 '발견'하고 무척 기뻐했던 일이 있다. 이 허섭스레기 같은 글보다, 백화현 선생의 글이 많은 것을 시사한다. 백화현, 〈학교에서의 독서 교육 어떻게 할까〉, 《기획회의》 제21호, 2005년 5월 20일).

나는 이 자리에서 책의 교육적 가치에 대해서는 입도 뻥긋하지 않았다. 컴퓨터와 인터넷만 있으면 교육이 선진화할 거라고 믿는 사람은 골 빈 정치인이거나 성과주의에 매몰된 교육 행정가뿐이라 여겨서이다. 그래도 아직 그 가치에 회의적인 교사가 있다면, 결례를 무릅쓰고 한마디 하니, "너 자신부터 책을 제대로 읽어보라!" 아, 이 나라에서 산다는 것은 괴롭고 고통스럽기 짝이 없는 노릇이다. 원칙과 상식이 뿌리내리지 못해서이다. 이즈음만큼 영문과로 진학하지 않은 것을 후회해본 적이 없다. 마음 같아서는 다른 나라로 '망명'이라도 떠나고 싶어서이다.

다음 세대에 물려줄
가치있는 유산

얼마 전, 수도권에 있는 한 도서관으로 강연하러 간 적이 있다. 차가 없는지라 대중교통을 이용해야 하는 나로서는 찾아가기가 불편한 곳이었다. 그런데도 마다하지 않고 간 데는 이유가 있었다. 이번 강연이 도서관을 주로 이용하는 학부모를 대상으로 한다고 들어서다. 옳다구나 싶었다. 어른이 변하지 않고서야 어찌 아이가 바뀌겠는가. 아무리 '나는 바담 풍 해도 너는 바람 풍 하라'는 게 세태라 하더라도, 책읽기는 다르다. 다른 무엇보다 어른이 모범을 보여야 아이들이 따라 하게 되어 있다.

그날 강연의 주제도 당연히 거기에 맞추어졌다. 어른이 집에서 먼저 책을 읽어라, 라는 내용이었다. 강연이 끝나고 질의 시간을 보냈는데, 그때 읽어볼 만한 책을 추천해달라는 소리를 여러 차례 들었다. 딱히 떠오르는 책이 없어, 농 삼아 내 책 읽어보라고 했지만, 만족할 만한 답변은 되지 않았다. 그러다 딱 맞춤한 책을 발견했다. 저우예후이가 쓴 『내 아이를 위한 일생의 독서 계획』(최경숙 옮김, 바다출판사, 2007)이 바로 그것이다.

요즈음 정말 책읽기에 관한 관심이 부쩍 늘어났다. 좋은 일이다. 그러나 한편으로 씁쓸한 일이기도 하다. 내신이나 수능 때문에 아이에게 책읽기를 강요하는 모습이 나타나서다. 뒤늦게 책 읽으라고 닦달하면 과연 아이가 잘 읽어내던가? 아마도 강요이기에 외려 책읽기를 멀리하는 부작용이 나타날 터이다. 그래서 학원에 보낸다고? 말릴 수야 없지만 그렇게 한다고 단시간에 눈에 띄는 성과를 올리기는 어렵다. 왜냐고? 책 읽는 습관이 몸에 배고, 책을 정확하게 읽어내고, 한 발짝 나아가 비판적으로 분석하는 데에 이르기까지는 오랜 시간이 걸리기 때문이다.

그러기에 책 읽는 습관을 일찍 들여놓는 게 좋다. 다른 것은 몰라도 책읽기야말로 '조기교육'이 필요하다. 그렇다고 조기 영어 교육이라든지 조기 영재 교육을 떠올리지는 말자. 돈 들여서 떠들썩하게 가르치자는 것이 아니다. 아이에게 책 읽는 습관을 들이는 데 최고의 선생님은 바로 부모이다. 지은이의 말대로 "부모는 아이에게 최초의 선생님이자 평생의 선생님"이다. 왜냐하면, 역시 지은이의 말대로 "책에 대한 흥미는 타고나는 것이 아니다. 때문에 그것을 의도적으로 길러주려는 부모의 노력이 매우 중요" 할 수밖에 없다. 그렇다고 무슨 왕도가 있는 양 착각하지는 마라. 단지 지혜와 경험으로 세운 전략이 있을 뿐이다.

지은이는 그 전략을 나이대에 맞춰 크게 네 단계로 나눈다. 1단계는 0~7세, 2단계는 8~13세, 3단계는 14~16세, 4단계는 17~19세의 연령대이다. 눈치 빠른 사람은 이 단계를 관습적으로 나눈 게 아니라는 사실을 알아차렸을 법이다. 아이의 발달 단계도 분명히 염두에 두고 있으나, 학제의 변화에 맞춰 독서 지도도 달라져야 한다는 지은이의 입장이 반영되어 있는 구분이다. 책을 잘 읽도록 이끌어주되, 무작정 하는 것이 아니라 전략적으로 선택된 목적과 방법을 잘 구사해야 한다는 뜻이다.

1단계에서는, 익히 짐작할 수 있듯, 아이에게 책에 관한 좋은 느낌을 심어주거나, 책읽기에 흥미를 느끼도록 애써야 한다. 그 가운데 나는 "만약 부모가 책을 읽을 때 큰 소리로 낭독하는 습관을 가지고 있다면 아이는 쉽게 책읽기를 좋아하게 되고, 또 부모가 독서를 통해 기쁨을 느끼는 모습을 자주 본 아이도 자연스럽게 책을 좋아하게 된다"는 말이 가장 좋았다. 아이를 가슴에 안고 책 읽어주는 것만큼 부모 된 사람으로서 행복한 경험은 없다. 사랑으로 가득한 행위가 아이에게 평생 갈 좋은 습관을 심어주는 것이니, 당장 실천해보도록 하자.

2단계에 오르면, 오락과 교양의 독서와 함께 학습으로서 독서에도 조금씩 신경 쓰라고 귀띔해준다. 중국도 입시 경쟁이 심해서 그런지, 지은이의 말이 우리 상황에도 시사하는 바가 크다. 물론 이 단계의 무게중심은 당연히 오락과 교양의 독서에 있다. 자칫 학습으로서 독서로 몰고 가면 탈이 나고 만다. 외려, 학업에만 충실하지 말고 책읽기를 잘 독려해야 한다고 말해준다. 무엇보다 "아이를 학교에 보냈다고 해서 독서 지도의 책임을 선생님에게 떠넘겼다고 생각"하지 말라는 지적은 반드시 명심해야 한다.

세 번째 단계에서는 다독을 권한다. "독서량을 늘리고 다양한 분야의 책을 읽도록" 해야 한다. 마땅한 지적이다. 어쩌면, 이때가 입시 부담 없이 마음껏 책을 읽을 수 있는 마지막 시기일지도 모른다. 특별히 지은이는 이 연령대에 아이가 자아를 정립하고 개성을 창조하는 시기임을 강조한다. 책읽기에서도 "반드시 아이의 의견을 존중하고 잘 소통해야 한다." 중학교 또래의 아이를 둔 부모가 공통으로 고민하는 게 있을 듯하다. 그 하나는 즐겨 읽는 대중물을 어떻게 해야 하는가, 라는 점이다. 성질 같아서는 당장 못 읽게 하고 싶겠으나, 그리해서는 안 된다고 말해준다. 아이가 대리만족을 느낀다는 순기능을 주목하고, 이런 책을 비판적으로 감상하는 능력을 길러줘야 한다고 말한다. 또 하나는 늘 고만고만한 책만 읽지 않고 좀 더 어려운 책을 읽었으면 하는 바람이다. 억지로 보게 하지 말고 격려하고 도와주는데, 그 책의 이해를 도와주는 책을 골라주는 것도 한 방법이라고 할 수 있다. 족집게라고까지야 할 수는 없겠지만, 부모가 느꼈을 법한 고민거리에 대해 성실하게 답변하고 있는 셈이다.

네 번째 단계에 이르면 지은이의 어조가 단호해진다. 이때에는 책을 골라 읽어야 하는데, 특정한 주제를 다룬 책을 읽도록 해야 한다. 이 말을 좀 더 직설적으로 하면 "교과서에서 제시되는 새로운 지식과 이론을 보충할 수 있는 책"을 읽혀야 한다. 정말 어쩔 수 없는 노릇이다. 대학 입시라는 장애물을 넘어서려면 현실적인 독서를 할 수밖에 없다. 교사가 적극적으로 개입해 교육 프로그램의 일환으로 진행하면 더 좋을 듯싶다.

반론을 펼칠 사람도 있을 법하다. 그런 식의 접근이 독서의 가치를 훼손한다고 말이다. 나는 교양과 지적 즐거움으로서 독서의 가치를 가장 높이 평가하는 사람이라고 자부한다. 그렇지만, 수행평가 같은 제도적 장치가 있어 책읽기가 교육 프로그램에 들어갈 수 있어야 한다고도 생각한다. 그러지 않으면, 디지털 세대가 책을 읽지 않을 가능성이 크다는 현실적 판단 때문에 그러하고, 공교육이 제자리를 잡기 위해서는 교과서와 참고서를 버리고 관련 책을 읽고 토론하는 문화로 바뀌어야 한다는 원론적인 입장 때문에 그러하다. 각설하고, 고등학교 시절의 책읽기가 지나치게 억압적이라는 반론에 대해서는, 그러니까 어릴 적부터 책을 읽어야 한다고 응답하고 싶다. 충분히 읽어왔다면, 고등학교 시절에는 목적에 맞춰 책을 읽어도 그리 억압적이지 않다. 그러니, 부모가 큰 그림을 그리고 아이에게 책 읽는 습관을 들여주도록 노력해야 한다.

물론, 저우예후이의 독서론과 독서법에 전적으로 동의하는 바는 아니다. 그렇지만 책읽기를 취미가 아니라 습관이 되도록 하기 위해 부모가 전략을 마련해 앞장서 애를 써야 한다는 대의에는 전적으로 공감한다. 우리가 다음 세대에게 물려줄 수 있는 것이 무엇일까? 나는 가진 게 많지 않아도, 배운 게 부족해도 진정한 사랑과 확신만 있으면 반드시 물려줄 수 있는 것이 있다고 믿는다. 이 책을 읽어보면서 세상에서 가장 위대한 유산을 효율적으로 아이에게 전해줄 수 있는 방법을 찾아보시기 바란다.

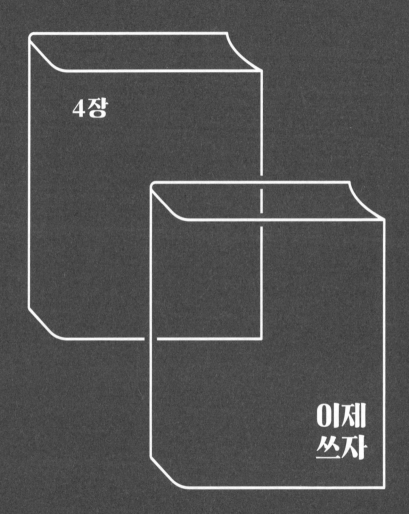

4장

이제
쓰자

그동안 우리는 오로지 읽기 위한 읽기에
만 초점을 맞춰왔습니다. 이제 읽으려고
읽지 말고 쓰려고 읽자, 로 관점을 바꾸어
봅시다. 의미의 소비자로 제한하려 하지
말고, 의미의 창조자로 전환하자는 뜻입
니다. 읽지도 않는데 쓰자고 덤비면 다 도
망가리라며 망상이라 할지도 모르겠습니
다. 하지만 쓰는 사람만이 읽는 사람이 되
는 법입니다. 그러니 부지런히 책을 읽고
글을 써야 합니다. 더 잘 읽고 더 잘 쓰는
놀라운 경험을 하게 될 겁니다.

읽고 토론하기의
힘

조한혜정 교수가 도쿄대학의 우에노 치즈코 교수와 함께 쓴 『경계에서 말한다』(김찬호·사사키 노리코 옮김, 생각의나무, 2004)에는 원숭이에 관한 재미있는 일화가 소개되어 있다. 호기심이 강한 소년 원숭이가 우연한 기회에 고구마를 바닷물에 씻어 먹으면 맛있다는 사실을 발견했다. 원숭이 사회에 이 사실이 알려지자 같은 또래의 원숭이가 곧바로 따라 했다. 씻기만 하면 맛있어진다는데 이를 마다할 이유가 없다. 이어서 엄마 원숭이와 여자 친구 격인 원숭이도 따라 했다. 이 일화가 눈길을 끄는 이유는, 원숭이의 탁월한 학습 능력에 있는 것이 아니라, 공동체에서 가장 늦게까지 새로운 정보를 거부했던 원숭이가 누구인가에 있다. 앞에 거론한 원숭이를 빼고 나면 답을 짐작할 수 있는데, "가장 오랫동안 모른 척했던 원숭이는 나이 든 수컷 원숭이들"이었다.

조한혜정 교수가 이 일화를 인용한 것은 농담조로 남성을 비판하기 위해서다. 그러나 나는 이 일화를 다른 의미로 읽었다. 한 사회에서 가장 완고하게 자신의 세계관을 고집하는 무리는, 그것이 지식이든 자본이든 권력이든, 그리고 여자이든 남자이든, 이른바 '가진 자'임을 뜻한다고 보았다. 이들이야말로 '나이 든 수컷 원숭이'에 불과할 뿐이다. 이미 얻은 것으로 만족하는 삶에 변화는 귀찮은 데다 위험하기까지 하다. 더도 말고 덜도 말고 지금 이대로가 가장 만족스럽다. 이즈음 우리 사회가 겪는 소모적인 대립과 갈등의 원인도 여기서 찾을 수 있을 듯하다. 얻은 것을 내놓지 않으려고 안달을 부리고, 변화 자체를 두려워하는 소심증의 발로이다. 하지만 디지털 혁명을 거치면서 세계는 엄청난 속도로 발전하고 있다. '기득권'을 유지하기 위해서라도 변화하지 않으면 안 되는 시대다. 더욱이 새로운 지식이 부가가치를 창출하는 시대에 과거라는 고치에 웅크리고 있는 삶은 결국 나비로 부화하지 못하고 번데기인 채로 삶을 마감하는 불행을 가져올 뿐이다. 물론, 변화가 유행이나 새것을 뒤쫓는 일을 가리키지는 않는다. 그 변화는 근원에 대한 천착과 그것에서 비롯한 패러다임의 혁명을 예측하는 일을 말하며, 새로운 세상에 대한 놀라운 적응력을 가리킨다. 줄여 말하면, 한 시대의 진리를 찾아내는 일이 된다.

변화가 요구되는 시대를 맞이하여, 그렇다면 어떻게 해야 변화할 수 있는가는 상당히 중요한 문제이다. 변화를 꿈꾸지만, 그래서 새로운 시대를 이끌어가는 맨 앞 자리에 서고 싶어 하지만, 변화의 실마리를 어디서 찾아야 하는지 대다수는 모른다. 더욱이 우리 사회에서는 일상의 민주화를 위해 변화가 강력히 요구되고 있음에도 과거에 안주하는 경향을 보이는 기득권 세력의 저항이 곳곳에서 목격된다. 우리 시대의 화두는 성장을 위한 변화에 있다. 도대체 무엇이 변화를 이끄는 힘이 될까. 결론부터 말하면, 대화와 토론이라는 '폭약'이 기득권에 안주하려는 사유의 '방조제'에 균열을 내고, 그 틈으로 다른 사유 방식이 유입되어 변화의 물꼬를 트게 되리라는 것이다. 그 섞임이 일견 혼란과 비순수로 보일 수 있으나, 그 과정을 거침으로써 비로소 변화의 실마리를 찾을 수 있다는 말이다. 내가 토론을 표 나게 강조하는 '한 도시 한 책읽기' 운동을 주목하는 이유가 여기에 있다. 우리 사회는 변화가 요구되는데, 한 권의 책을 읽고 토론하는 일이 놀랍게도 참여자의 변화를 가져온다면, 이는 의미 있는 일이라고 평가할 수밖에 없다. 그렇다면, 정말 토론이 변화를 불러일으킬 수 있을까. 다음의 두 가지 사례는 토론의 힘을 입증하는 중요한 논리적 근거가 될 만하다.

힐러리 클린턴은 자서전『살아 있는 역사』(김석희 옮김, 웅진지식하우스, 2003)에서 자신의 청소년 시절을 되돌아보며 다원주의와 상호존중, 그리고 상호이해를 익히게 된 계기를 자세히 밝혔다. 힐러리는 자수성가한 백인을 아버지로 둔 자녀답게 강력한 공화당 지지자였다. 힐러리가 고등학생이던 1964년에는 대통령 선거가 있었는데, 공화당 대통령 후보인 골드워터가 시카고 교외로 선거 유세를 오자 아버지에게 데려가달라고 졸랐을 정도였다. 정치 교과를 가르쳤던 제럴드 베이커 선생이 이런 말을 들었던 모양이다. 수업 시간에 대통령 후보 모의 토론회를 열기로 했다. 그런데 베이커 선생은 심술궂은 장난을 쳤다. 학교에서 공화당 지지자로 호가 난 힐러리에게는 존슨 대통령 역할을 맡기고, 그 반에서 유일하게 민주당 지지자였던 엘렌에게는 골드워터 역할을 맡겼다. 이 황당한 상황에 힐러리와 친구는 모욕감을 느끼고 교사에게 항의했다. 그러나 베이커 선생은 "역할을 바꾸면 상대방의 관점에서 문제를 볼 수밖에 없고 그러면 많은 것을 새롭게 깨닫게 될" 거라고 설득했다.

비록 힐러리가 교사의 지시에 따르기는 했지만, 그래서 도서관에서 민주당 강령과 백악관 성명서 따위를 찾아보고, 민권과 의

료보험, 빈곤 문제와 외교 정책에 대한 민주당과 존슨 대통령의 견해를 검토해보았지만, 거기에 투자하는 시간이 아까워 분통이 터질 지경이었다고 회고한다. 그러나 시간이 지나면서 힐러리는 자신의 변화를 느꼈다. "나는 단순한 연극적 열정이 아니라 진정한 열정으로 민주당의 입장을 지지하고 있음을 깨달았다." 이때의 경험이 없었다면 힐러리가 민주당 출신의 클린턴 대통령의 부인이 될 리 없었을 터이고, 마침내 민주당 대통령 후보가 될 리 없었을 것이다. 그렇다면, 그 시절에 힐러리만 변화했을까. 카운터파트너로 지목되었던 엘렌에게도 똑같은 일이 일어났다. 그녀는 민주당 지지자에서 공화당 지지자로 변신했다. 놀랍게도 힐러리와 그녀의 친구는, 토론이라는 용광로를 거치기도 전에, 단지 토론을 준비하는 과정에서 정치 입장의 변화를 겪었다.

그 좋다는 검사 자리를 박차고 법학을 공부하려고 코넬대 법대에 유학한 적이 있는 김두식은 『헌법의 풍경』(교양인, 2004)에서 '소크라테스식 강의'를 소개했다. 이 강의는 "미리 정답을 설정하지 않고 교수와 학생 사이에 오가는 대화와 토론을 통해 학생들의 논리적 사고를 증진시키는 것"이라고 정의할 수 있는데, 단연 스티븐 쉬프린 교수가 이 분야에서 탁월한 솜씨를 자랑했던 모양이다. 질문을 받은 학생이 진보적 관점에 서면 "노련한 싸움꾼"인 쉬프린 교수는 보수적인 관점에서 그 의견을 반박했다. 반대로 보수적인 관점에서 학생이 답변을 하면 "눈 하나 깜짝하지 않고" 진보 진영으로 돌아서서 학생을 괴롭혔다. 짐작할 수 있듯 학생은 교수를 이겨 보려고 안간힘을 썼다. 말도 안 되는 논리를 펼쳐 보이기도 했으나, 싸움의 끝은 뻔했다. 논쟁에서 승리하는 이는 늘 쉬프린 교수였다. 여기에 자극받은 학생이 다음 시간을 벼르며 자발적으로 공부했으리라는 것은 쉽게 예측할 수 있다. 학기가 끝날 즈음에는 교수의 뒤통수를 치는 '고수'가 하나둘 나타났다. 그런데 이보다 더 중요한 사실이 있다. 학기 말이 되면 진보적이었던 학생이 입장을 바꿔 보수적인 사고를 갖게 되거나 꼭 그 반대의 현상도 왕왕 일어났다. '귀순자'나 '개종자'가 속출했다. 주장만 있지 논리적 근거가 희박했다는 사실을 알고 더 깊고 넓게 공부하다 보니 마침내 변화하게 되었다. 토론의 힘을 느끼게 하는 적절한 사례이다.

토론을 통해 '사상적 전회'를 겪는 이야기는 상당히 흥미롭다. 그러나 이 자리가 예배당의 간증 시간이 아닌 마당에야 변화의 실례에만 만족하지 말고 왜 이런 일이 벌어지는지 톺아볼 필요가 있을 터이다. 그동안 우리는, 답은 오로지 하나라고만 강요해 왔다. 이미 배운 사람과 권력과 자본을 장악한 사람이 서로 합의해 반드시 다음 세대가 알아야 할 내용을 정했다. 이를 학교라는 제도를 통해 익히게 해왔으니, 이때 가장 중요한 미덕으로 손꼽은 것이 이해와 암기였다. 그러나 시대는 변했다. 경제성장은 정치적·사회적·문화적 민주화를 가져왔다. 지식은 늘 새롭게 생성되고 권력은 시민의 감시 대상이 되었으며 경제적 부는 분배되어야 한다는 요구를 받는다. 이런 상황에서 가치의 다원화는 당연한 결과이다. 계몽의 유효기간이 끝나면서 단 하나의 답이 있다고 말할 수 없는 시대가 왔다. 오로지 유일한 답은 없으며 사회 구성원끼리 합의해가며 찾아야 할 답이 있을 뿐이다.

김두식은 『헌법의 풍경』에서 "더 이상 모두가 동의할 수 있는 절대적 정의의 기준은 존재하지 않는"다고 말한다. 이는 우리가 "정의가 없다고 말할 수는 없지만 무엇이 정의인지를 알 수 없는" 시대를 산다는 뜻이다. 달리 표현하면, 진리를 한 손에 거머쥔 누군가가 북극성처럼 하늘의 한가운데 떠 있고, 그 진리를 모르는 뭇별이 원을 그리며 북극성을 향해 무릎 꿇어야 하는 시대는 지났다는 말이다. 그렇다면 김두식의 말대로 진실은 처음부터 존재하는 것이 아니라 "절차에 참여하는 주체들이 만들어나가는 것"일 수밖에 없다. 그 절차가 대화와 토론이라는 점을 새삼 강조할 필요는 없을 터이다.

대화와 토론은, 힐러리가 학교에서 배웠다는, 다원주의와 상호존중, 그리고 상호이해에 이르는 과정이다. 이 과정에서는 지식의 계몽이 아니라 지식의 삼투현상이 일어난다. 나만 옳다고 고집

피우는 것이 아니라, 상대방의 의견에도 일리가 있으며, 논리적 근거를 통해 서로의 의견을 수정하는 일이 자연스럽게 펼쳐진다. 더불어, 대화와 토론은 애초부터 부정할 수 없는 정답이 있는 것이 아니라, 서로 생각이 다른 사람들이 백가쟁명의 과정을 거쳐 답을 '구성'해나가는 과정이다. 어느 사안을 두고 잠정적으로 정의라고 확신할 수는 있다. 하지만 그것은 의견이 다른 사람과 대화와 토론을 나누다 교정되거나 수정할 수 있어야 한다. 상대방의 견해에 일리 있음을 알아낸다는 것은 매우 중요하다. 어찌 세상에 유일한 진리만 있고, 나나 내 편만 옳을 수 있겠는가. 김두식의 말대로 대화는 다른 사람의 생각을 받아들임으로써 내 생각을 발전시켜나가는 재미있는 지적 작업이다.

책을 읽기만 하면 된다고 생각하면 안 된다. 함께 읽고 토론하는 과정을 거칠 때 비로소 그 책에 담긴 내용이 비판적이고 창조적으로 수용된다. 주변을 둘러보라. 책을 읽고 함께 이야기 나누자는 모임이 뜻밖에도 많다. 우물쭈물 망설이지 말고, 들어가 함께 토론 문화를 즐겨보라! 장담하건대, 한 권의 책을 읽고 함께 토론함으로써, 그곳이 어디든 변화를 경험하는 '교회'가 되고, 민주적 가치를 경험하는 '학교'가 될 터이다.

잘 쓰려면
잘 읽어야 한다

글쓰기를 두려워한다. 요령을 알면 절대 어렵지 않건만 제대로 배운 적이 없어 겁부터 낸다. 한방에 비책을 알려주고 싶지만, 쉽지는 않다. 지금 내가 할 수 있는 말은 많이 읽고 꾸준히 쓰면 된다는 정도다. 식상하지 않은가. 그래서 지금부터 약간은 낯설고 신선한 발상이 돋보이는 내용을 말하려 한다. 내가 개발하고 글로 쓴 것이면 좋겠지만, 아쉽게도 남이 쓴 책에서 발견한 내용이다. 잘 들어보고 잘 읽고 잘 쓰는 방법을 터득했으면 하는 바람이다. 내가 발견한 흥미로운 책은 제목부터 실용적인 목적이 뚜렷한 『원고지 10장을 쓰는 힘』(황혜숙 옮김, 루비박스, 2005)이다. 사이토 다카시라는 일본인 교수가 썼는데, 내가 이 책을 두고 재미있다고 단정적으로 말한 데는 그만한 이유가 있다. 글쓰기 책 가운데 이렇게 거칠고 중구난방이고 한 말 또 하는 책을 보지 못했다. 글을 잘 쓰는 척해야 신뢰가 갈 터인데, 이 책은 그런 겉치레를 전혀 하지 않는다. 그런데도 이 책이 흥미로운 것은 제대로만 익히면 글 잘 쓰는 데 큰 힘이 될 법한 내용이 들어 있어서다.

그 하나는, 자신이 말하고 싶은 바를 세 개의 열쇳말로 압축, 정리해보라는 것이다. 그리고 그 세 개의 열쇳말을 연결해 글을 구성하는 훈련을 하다 보면, 200자 원고지 열 장을 쓰는 것은 물론이요 백 장이든 천 장이든 다 써낼 수 있다고 큰소리친다. 지은이가 일러준 요령을 정리하면 다음과 같다.

- 글을 쓰기 전에는 우선 키워드를 메모하는 것이 중요하다.
- 키워드는 각기 다른 세 개를 골라야 한다.
- 다음으로 그 콘셉트 세 개를 연결하는 논리를 구축해나가야 한다.
- 잘 쓴 글은 전혀 상관없을 듯싶은 요소를 잘 연결한 글이다.

무슨 귀신 씻나락 까먹는 소리냐고 생각하지는 말 것. 평소 해본 브레인스토밍을 응용한다고 보면 된다. 주어진 과제를 해결하기 위해 생각나는 단어를 무작정 나열한다. 그것을 주제별로 정리한다. 그리고 각 주제별 단어 가운데 핵심적인 것 세 가지만 솎아낸다. 그런 다음에 그 열쇳말을 각 단락의 주제로 삼아 한 편의 글을 써나가면 된다(머릿속으로 아무리 생각해도 잘 모르겠으면 직접 해보시라. 의외로 쉽고 재미있다).

두 번째로 이 책에서 주목할 만한 내용은 이름하여 "쓰기 위한 독서술"이다. 교양이나 취미로서 책읽기가 아니라 글 쓰는 능력을 키워주는 책읽기는 그 방법이 달라야 한다는 뜻이다. 지은이는 글을 잘 쓰려면 생각하는 힘을 길러야 하고, 그 힘을 기르려면 책을 읽어야 하고, 길러진 힘으로 글을 쓰다 보면 생각하는 힘이 더 커진다고 강조한다. 어쨌든 글을 잘 쓰려면 책을 많이 읽어야 하는데, 책을 읽다 보면 영감을 얻는 경우가 많기 때문에 그러하고, 그런 생각을 하며 읽으면 책을 더 깊이 읽을 수 있으니, 이를 일러 꿩 먹고 알 먹기라 하는 법이다.

문장력도 키우고 사고력도 넓히며 독서력도 높이는 지은이의 체험적 독서법은 간단하다. 먼저 책을 읽는 이유가 글 쓰기 위해서라는 점을 확실히 해야 한다. 그럴 경우 우리가 얻을 게 많다. 한 편의 글이나 한 권의 책에서 주제 의식이나, 논리 전개의 방식, 은유나 직유 같은 수사학 따위를 눈여겨보고, 그것을 자기 것으로 삼고자 애쓰게 된다. 더불어 지은이는 인용의 가치도 힘주어 말한다. 한 편의 글이 오로지 자기 생각으로만 채워질 수는 없는 노릇이다. 더욱이 자신의 주장을 논리적으로 뒷받침하는 글에 적절하게 인용된 글은 큰 힘을 발휘한다. 그러니까 인용을 목적으로 하는 독서에 충실해보라는 권유인 셈이다. 이를 위해 지은이는 삼색 펜을 들고 책을 읽는다. 반드시 인용할 곳에는 빨간색을, 그다음으로 중요한 부분에는 파란색을, 개인적으로 흥미롭다고 느끼는 대목에는 녹색을 친다(설마, 당신도 똑같은 색으로 줄을 치려고 하는가? 창의력을 발휘해보시길). 이렇게 해놓으면 인용할 때 별도의 품을 들이지 않아도 쉽게 찾을 수 있다.

책을 선택해서 읽어야 한다는 게 지은이의 또 다른 체험적 독서론이다. 책을 끝까지 다 읽어야 한다는 강박증에서 벗어나 "글을 쓸 주제와 관련된 부분만을 골라 읽는 것이 글을 쓰는 데 훨씬 효과적"이라고 말한다(어떻게 그렇게 할 수 있을까 하고 지레 겁먹지는 말 것. 전자책이나 구글북스의 검색 기능을 이용하면 된다). 그리고 기왕이면 시간제한을 두고 읽는 것이 능률이 높다고 한다. 그럴 수밖에 없는 것이, 글이란 대체로 마감 시한이 있는지라, 무한정 '준비운동'만 하다 말 수 없으니 지은이의 말에 고개를 주억거릴밖에. 그 다음에는 익히 예상하는 '권장 사항'이 나온다. 목차를 검토해서 필요한 항목을 솎아내거나, 드문드문 읽으면서 골라내라는 말이다. 그런데 여기서도 다시 열쇳말은 중요한 역할을 한다. 자기가 쓰고 싶은 것을 하나의 열쇳말로 정리해두고, 그것을 마치 "그물망처럼 펼치면서 책을 읽어나간다. 그 그물망에 빠져나가지 않고 걸려드는 것이 내가 글을 쓸 때 필요한 재료가 되는 것"이란다.

그동안 우리는 오로지 읽기 위한 읽기에만 초점을 맞춰왔다. 어떻게 해야 잘 읽고, 무엇을 읽어야 도움이 될까 고민해왔다. 이제 강조점을 바꿔 읽어보자. 쓰기 위해 어떻게 읽어야 할까, 로 말이다. 그렇다면 최종적인 문제가 남는다. 글 쓰는 데 필요한 것만 골라내 읽는 선구안이 중요한데, 도대체 이것은 어떻게 키워야 할까. 그래서 지은이는 학생 시절에 부지런히 책을 읽어야 한다고 말했다. 교양과 취미로 책을 두루 읽어놓으면 나중에 실용적 독서에서도 힘을 발휘할 수 있다는 말이다. 모든 것은 기본으로 되돌아가게 되어 있는 법이다.

쓰려고
읽자

어떻게 해야 책을 잘 읽을 수 있느냐는 질문을 자주 받는다. 이른바 독서법을 묻는 것인데, 사람마다 처방이 다를 수밖에 없는지라, 한마디로 읽고 글을 써보면 된다고 갈음하고는 한다. 그렇다고 성의 없고 효과 없는 대답이라 오해하지는 말기를. 핵심을 간단하면서도 명료하게 요약해서 해준 말이니까. 잘 생각해보라. 만약 시간을 때우려고 책을 읽는다고 쳐보자(이런 책읽기가 잘못되었다는 말은 절대 아니다). 아마도 별 부담 없이 편안한 마음으로 읽을 터이다. 줄을 그을 필요도 없고, 메모를 하거나 내용을 요약할 일도 없다. 이런 독서 태도는 바람직하다. 목적이 시간을 때우면서 적적함이나 지루함을 없애려 한 것이니까 말이다. 물론 후유증은 있다. 다 읽고 나서 무슨 내용이었는지 어림도 되지 않는 '기적'이 벌어지곤 하는.

하지만, 글을 쓰려고(여기서는 독후감이나 서평을 가리킨다) 책을 읽는다면 상황은 완전히 달라진다. 지은이가 무엇을 말하고자 했고, 무엇을 바탕으로 삼아 논리를 펼쳐나갔는지 꼼꼼히 살펴야 한다. 그러자면 분석적인 읽기가 요구된다. 밑줄을 긋고, 내용을 요약하고, 지은이 생각과 다른 부분에는 자기의 생각을 적어놓아야 한다. 이런 식으로 책을 읽었다고 해서 독후감이나 서평을 곧바로 쓸 수는 없다. 책을 다시 펼치고 여기저기 남겨놓은 흔적을 되새김질하며 책을 음미해보아야 한다. 놀라운 일은 이 과정에서 '기적'을 경험한다는 점이다. 흐리멍덩했던 책 내용이 또렷해지고, 근거와 주장의 핵심을 정확히 짚어내고, 지은이의 생각을 논리적으로 비판할 수 있는 지점을 명확히 찾아낸다.

어떤 특별한 비법이 있어서가 아니다. 오로지 읽고 쓰려고 마음을 먹고 읽은 덕이다. 뭇 사람은 독후감이나 서평을 굳이 써야 하냐고 반문한다. 충분히 이해한다. 시간도 많이 잡아먹고 품도 많이 들여야 한다. 거기다 읽기도 번잡하고 버거운데 쓰는 고통까지 감내해야 한다. 하지만, 쓰기 이전에, 쓰려고 마음 먹으면 제대로 읽게 된다는 점에 주목해야 한다. 쓰기와 읽기가 별개로 떨어져 있지 않고, 긴밀하게 연결되어 있다는 점을 기억하자는 말이다. 그러니까 책읽기에는 크게 두 가지 목적이 있다 할 수 있겠다. 재미와 흥미를 중심으로 시간 때우기용 독서가 있고(거듭 말하거니와, 이런 독서도 의미가 있다), 교양과 지식을 늘리기 위해 읽고 나서 꼭 독후감이나 서평을 써보는 독서가 있다.

읽고 나서 글 쓰는 데도 순서가 있다. 무턱대고 서평으로 직행하기보다는 독후감을 먼저 써보는 게 좋다. 안타깝게도 독후감에는 나쁜 추억이 있게 마련이다. 학창 시절, 학교에서 내준 숙제가 주로 독후감이었으니까. 억지로 읽고 쓰기 싫은 것을 썼으니 독후감이란 말만 나와도 도리질할지 모른다. 하지만 의무로 쓰는 독후감이 아닌 만큼, 나쁜 추억은 떨쳐버리자. 좋은 독후감은 말 그대로면 된다. 그러니까 책을 읽고 나서 느낀 그 무엇, 이를테면 감동, 감응, 감상, 감정, 감회, 감격, 감탄 따위를 중심으로 쓰면 된다. 아무래도 '나'를 주어로 삼아 쓰는 것이 좋다. 벌써 눈치챘겠지만, 독후감은 결국 책을 읽은 사람이 중심이 된다. 책 내용을 요약하자는 게 아니라, 그 책을 읽으며 떠오른 기체와 같은 상념을 글로 사로잡아 '동결'하자는 것이니까.

좋은 독후감은, 그러니까 책과 내 삶이 충돌해 일으킨 파장의 기록이다. 읽은 책 때문에 떠오른 슬프거나, 기쁘거나, 부끄러운 기억과 그것에 대한 나의 솔직한 성찰을 적으면 된다. 독후감 자체가 아주 훌륭한 에세이나 자서전의 한 대목이 될 수 있는 이유이기도 하다. 이제 좋은 독후감을 쓰지 못하는 이유를 알 수 있을 테다. 책을 건성으로 보거나, 책에서 아무것도 얻은 게 없어서다. 책임이 두 군데 있다는 말이다. 읽는 이의 불성실이 그 하나이고, 나머지는 책 자체가 함량이 부족해서다. 뒷부분은 그런 유의 책을 읽지 않으면 된다. 그러나 앞부분은 읽는 태도를 바꿔야 한다. 함부로 읽고도 가치 있는 일이 일어나기를 바라서는 안 된다. 다른 면에서 보자면, 독후감은 치유의 글쓰기이다. 그 책이 아니었다면 떠올리기 어려웠을 그 무엇을 대상으로 다시 생각해보고, 반성하고 쓰는 글이니 말이다. 상처 입은 짐승이 제 혀로 그곳을 핥듯, 우리는 읽고 쓰는 과정에서 상처를 아물게 할 수 있다. 뱀다리로, 독후감 쓰기에 좋은 책은 아무래도 문학임을 밝혀놓는다.

독후감 쓰기에 어느 정도 이력이 붙으면 서평을 써보면 좋다. 서평도 어렵게 여기지 말고 사전식 뜻풀이에 충실하면 된다. 책에 대한 평가. 가장 단순하면서도 핵심을 찌른 풀이다. 그런데 일반인 처지에서는 평가에 대한 부담이 클 수밖에 없다. 흔히 평가라 하면 비판적 평가를 요구하니까. 하지만 처음부터 주눅 들 필요는 없다. 평가에는 긍정적 평가와 비판적 평가가 다 들어 있다. 그러니, 첫걸음부터 비판해야 한다는 중압감에 매달릴 필요는 없다. 그 책의 장점과 미덕만을 말하는 긍정적 평가에서 출발하자.

실제로 온갖 매체에 실리는 전문가의 서평을 보라. 어떨 때는 낯간지러울 정도로 주례사 서평이 주를 이룬다. 전문가도 하기 어려운 일을 1차 과제로 삼을 이유가 없다. 기실, 일반인 처지에서 그 책이 왜 좋은지 논리적으로 설명하기도 녹록지 않다. 많이 고민해보아야 하고 이런저런 자료를 찾아보아야 가능하다. 그래도 포기해서 안 되는 것은 논리성이다. 이것이 부족하면 서평을 읽는 사람의 동의를 구하지 못하게 된다.

다음 단계로는 긍정적 평가와 함께 비판적 평가도 아우르는 서평을 써보는 일이다. 여기에는 갑절의 노력이 필요하다. 한 권의 책을 읽고 나서 부족한 점이나 아쉬운 점을 느낄 수는 있다. 그러나 왜 그런 점에 아쉬움이 남았는지를 해명하는 것은 상당히 고난도의 일이다. 그러다 보니, 그 책이 다룬 주제를 이미 언급한 책을 살피거나 지은이와 입장이 확연히 다른 이의 책을 뒤적여보아야 한다. 이 과정에서 책이 다룬 주제를 보는 시야가 확장되는 경험을 하게 된다. 이해하는 수준에서 더 나아가 균형감 있게 전체를 아우를 수 있다는 뜻이다.

여전히 책읽기가 교양과 지식을 쌓는 유일한 매체인가 하는 고민을 해본다. 한동안은 유일하다는 데 동의해왔다. 그런데 최근에는 생각을 달리한다. 인터넷이나 영상 매체도 충분히 교양과 지식을 전한다고 본다. 하지만 이런 질문을 던지면 답이 달라진다. 인터넷이나 영상 매체만으로도 글쓰기 능력을 키울 수 있나? 아니다. 구조가 다르다. 책은 이른바 선형적이고, 인터넷이나 영상매체는 비선형적이다. 선형이란 말은 논리가 쌓여 설득하는, 이라 이해하면 된다. 글쓰기는 선형적이다. 글 쓰는 능력이라는 DNA는 책에서 유전한다. 그러면 물어야 한다. 우리 시대에 글쓰기는 중요한가 중요하지 않은가, 라고. 이미 답은 나왔다. 서점가에 그 많은 글쓰기 책이 나와 있는 것으로 충분히 설명되지 않는가. 그러니, 읽는 데만 정신 팔지 말고, 쓰기를 두려워만 하지 말자. 쓰려고 읽다 보면, 읽기 능력도 향상되고 쓰기 능력도 자라난다. 이거야말로 마당 쓸고 돈 줍기이고, 도랑 치고 가재 잡기이지 않은가.

독후감,
책의 주인이 되는 첫걸음

몇 해 전, 살고 있는 집에서 자전거로 5분
정도 거리에 공공 도서관이 문을 열었다. 워낙 소문난 게으름뱅
이라 언젠가 가봐야지 마음만 먹고 들러보질 않았다. 그러던 어
느 날, 마침내 게으른 몸을 잘 구슬려, 자전거를 타고 도서관에 갔
다. 그만하면 잘 지은 셈이었다. 건물도 디자인이 잘되었다. 휴게
실이나 식당 같은 부대시설도 그만하면 만족스러웠다. 1층에 마
련된 어린이실도 신경 쓴 흔적이 묻어 있었다. 아비 닮아 책벌레
기질이 있는 딸아이를 데리고 놀러 와야겠다는 생각이 들었다.
도서관 담당자가 알면 불쾌할지 모르지만, 내 눈은 마치 상급 기

관에서 감찰이라도 나온 양 도서관 구석구석을 살펴보았고, 이 정도면 만족할 만하다고 평가했다.

하나, 종합 자료실에 들어선 순간, 나는 경악을 금치 못했다. 일단 그 크기가 예상보다 작았다. 당장 10년 앞을 내다보더라도 이 정도의 넓이로는 시민이 원하는 책을 모아놓는 게 불가능할 성싶었다. 더 실망스러운 것은 모아놓은 책의 빈약함이었다. 먹다 만 옥수수 형상이라 해야 할 정도로 책이 너무 없었다. 얼마나 많은 사람이, 얼마나 오랫동안 도서관에서 정작 중요한 것은 책이라고 말해왔던가. 나도 주제넘게 끼어들어 기회만 있으면 거들지 않았던가. 실망은 곧바로 분노로 바뀌었다.

혼자 열 받아봐야 당사자만 손해인 법이다. 내가 아무리 옳더라도 남이 아니라면 할 수 없는 법이다. 이렇게 자신을 다독이며 흥분을 가라앉히려다 뜬금없는 생각을 하나 떠올렸다. 옳거니, 이 일이 여태 해결되지 않는 것은 사람들이 책을 소프트웨어로 여겨서이겠구나, 하는 생각이 들었다. 도서관 이야기를 하다가 갑자기 컴퓨터 관련 이야기를 하다니 무슨 소리냐 싶겠지만, 이 글을 읽다 보면 수긍이 갈 터이다.

백과사전을 찾아보니, 하드웨어를 "원래는 쇠붙이라는 뜻인데, 컴퓨터의 중앙처리장치(CPU : central processing unit) · 기억장치(memory unit) · 입출력장치와 같은 전자 · 기계장치의 몸체 그 자체를 가리킬 때에 사용한다"라고 정의했다. 소프트웨어는 "컴퓨터를 활용하기 위한 각종 프로그램 체계"라고 설명했다. 이 정도야 이제는 상식이 된 마당이니 새삼스러울 게 없다. 내가 주목한 것은 "1960년대는 하드웨어만을 중요시하고 소프트웨어는 무료로 공급했으나 이제는 소프트웨어의 중요성과 독립성이 널리 인식되어 소프트웨어의 가격이 하드웨어와 별도로 책정되는 경향이 뚜렷해졌고, 소프트웨어 가격이 하드웨어 가격보다 높은 경우도 많다."라는 구절이었다.

하드웨어와 소프트웨어에 관한 백과사전의 정의는 얼마든지 변주될 수 있다. 큰 것, 움직이지 않는 것, 변하지 않는 것, 바꾸기 힘든 것, 더는 이윤 창출이 없는 것 등속이 하드웨어다. 이에 반해 소프트웨어는 작은 것, 움직이는 것, 변하는 것, 자주 바꿀 수밖에 없는 것, 그것으로 더 많은 이윤을 만들어낼 수 있는 것 등속이라고 말이다. 이를 다시 내 식으로 종합해보면, 한 번에 큰돈 들여 마련해야지만 스스로 이득을 내지 못하는 것은 하드웨어로, 이에 반해 더 많은 이윤을 낳는 것은 소프트웨어라 정의할 수 있다. 이제 논점을 되돌려 도서관에서 책은 하드웨어인가 소프트웨어인가를 고민해보자.

나는 본디 에둘러 돌아가는 것을 좋아하는 사람이라 다른 것에 빗대어 설명해보면 이렇다. 쌀은 하드웨어인가 소프트웨어인가를 먼저 생각해보자. 쌀집의 하드웨어는 가게와 저울이다. 앞에서 말한 하드웨어 정의에 얼추 들어맞는다. 그렇다면 쌀집에서 쌀은 당연히 소프트웨어다. 그러면 고급 음식점에서 쌀은 어디에 해당할까. 이것은 상당히 논쟁적인 질문인데, 서둘러 내 견해를 밝힌다면, 나는 음식점에서 쌀은 하드웨어에 속한다고 본다. 이유인즉슨, 일단 쌀은 그 자체로 음식점에서는 부가가치가 없다. 음식점에서 쌀은 솜씨 있는 주방장의 손에서 숱한 변화를 거친다. 쌀을 안치면 그것은 비빔밥, 오곡밥, 짜장밥, 짬뽕밥, 쌈밥 등등으로 거듭난다. 음식점에서 쌀 자체로는 아무런 이익을 낼 수 없다. 누가 쌀 사러 음식점에 오겠는가. 그러나 쌀을 재료 삼아 요리한 것은 주인에게 이윤을 남겨준다.

  책으로 다시 돌아와 이야기를 계속해보자. 책을 만드는 출판사나 책을 파는 서점 처지에서 보면 책은 당연히 소프트웨어다. 문화 상품이라는 수사학으로 포장되어 있으나, 출판사나 서점 입장에서는 문화보다는 상품에 방점이 찍혀 있게 마련이다. 팔리지 않는 책을 내거나 전시해주는 출판사나 서점이 전혀 없는 것은 아니나, 우리 시대에 그것은 이제 희귀한, 예외적인 현상이 되어버렸다. 이들에게 책은 지속적으로 이윤을 남겨야 할 상품이다. 그러면 도서관이나 독자(소비자) 처지에서도 책이 소프트웨어인가를 고민해보아야 한다. 나는 이미 앞에서 답변을 한 셈이다. 도서관이 책을 소프트웨어로 여기는 듯싶다며 시비를 걸었으니 말이다. 내 관점에서 보자면, 책은 쌀과 같은 운명이다. 쌀집에서 소프트웨어였던 쌀이 음식점에 가면 하드웨어로 바뀌듯이, 출판사와 서점에서는 소프트웨어였던 책이 도서관이나 독자 처지에서는 하드웨어가 된다.

그 이유는 책을 구비하거나 샀다고 해서 그 자체로 책이 도서관이나 독자에게 부가 이득을 남겨주지 않는다는 점에서 찾을 수 있다. 도서관 책꽂이에 책이 아무리 즐비하게 늘어서 있다 한들 무슨 이득이 있겠는가. 도서관은 만인에게 열려 있다. 그 사람의 국적이나 계층이나 연령이나 성별을 구별하지 않고, 책을 읽고자 하는 의지가 있는 사람이라면 누구나 수용한다. 아니, 좀 더 적극적으로 말하면, 돈 없어 책을 살 수 없거나 사교육의 혜택을 받지 못하는 어려운 형편의 청소년이나 다른 직업을 찾고 있는 성인을 위한 평생교육의 한마당이기도 하다. 바로 이런 사람이 찾아와서 자기가 필요로 하는 책을 무상으로 빌려 가고, 그것을 읽어서 애초 의도한 바를 이룰 때 비로소 도서관의 책은 의미 있는 법이다. 가령, 외국인이 우리의 문화를 이해하는 데 도움이 되었다거나, 학원에 제 돈 내고 다닐 수 없는 청소년이 대출한 책을 읽고 대학에 합격했다거나 실직 상태의 고령자가 재취업을 하는 데 도움이 되었거나 할 적에 비로소 책은 가치를 갖는다.

독자의 관점에서도 마찬가지다. 신문에 떠들썩하게 기사가 나거나 연예인이 나와 소란스럽게 읽을 만하다고 권해 책을 샀다면, 그것은 어디까지나 출판사와 서점에게 좋은 일을 한 것에 불과하다. 구슬이 서 말이나 있다 한들 무슨 소용이 있겠는가. 꿰어야 보배라는 건 누구나 다 아는 사실. 책장을 열고 읽어나갈 때 비로소 가치 있는 일이 된다. 그렇다고 읽는 것 자체가 책을 소프트웨어로 만드는 건 아니다. 어떤 방식으로 읽느냐에 따라 그것은 다른 결과를 불러온다. 지은이가 그 책에서 무엇을 말하고자 했는지, 그것을 어떤 식으로 꾸려나가는지, 주장한 것이 있다면 그것을 뒷받침하는 글은 논리적으로 탄탄한지를 따져가며 읽어야 한다. 여기서 그쳐서도 안 된다. 지은이가 말한 바에 대해 나는 어떻게 생각하는지, 그것이 나의 삶과 어떤 관련이 있는지, 다르다면 지은이의 관점을 어떤 근거로 비판할 수 있는지를 깊이 고민해야 한다. 이 과정이 생략되면 읽는 이는 지은이에게 포박당하나, 이 과정에 충실하면 읽는 이는 하드웨어가 소프트웨어로 바뀌는 놀라운 경험을 하게 된다.

나는 지금껏 독후감을 이야기하기 위해 먼 길을 걸어왔다. 현명한 독자야 벌써 수상한 낌새를 눈치채고, 결국 그 말을 할 거면서 허풍을 그리 떨고 있나 싶어 혀를 찼으리라. 그러나 너무나 익숙하기에 조금은 다른 시각에서 볼 필요가 있다. 오랫동안 보아온 것일수록 낯설게 보려 노력해야 그것의 새로운 가치를 발견할 수 있는 법이다. 간혹 수학 시험을 보는 꿈에 가위눌려 깨어난 적이 있다. 참으로 한심한 일이 아닐 수 없다. 학교를 마친 게 언제인데 아직도 그런 꿈을 꾸다니. 더욱이 수학 못한다고 살아오면서 손해 본 게 하나도 없는데, 그런 점에서는 차라리 영어 시험 보는 꿈 때문에 가위눌리면 이해라도 할 텐데, 수학 때문에 잠을 망치다니 억울하기도 하다. 그런데 요즘 청소년한테는 독후감이 꼭 그런 모양이다. 읽기도 싫은데 억지로 읽으라 하고, 요리 빼고 저리 피해서 어떻게든 안 읽으려 했더니 그놈의 수행평가라는 전가의 보도를 휘두르며 몰아치니 안 읽을 수도 없는 모양이다. 그런데 읽는 것만 해도 귀찮아 죽겠는데 거기다 숙제랍시고 독후감을 내주니 이게 꼭 삼장법사가 손오공 머리에 씌운 금테인 긴고아 같아 학생을 옴짝달싹 못 하게 한다. 그러나 어릴 적 우리보다 요즘 아이들은 얼마나 더 되바라졌던가. 아예 정해준 책을 읽지도 않고 독후감 숙제를 해내는 비법을 찾았으니, 그게 바로 인터넷이다. 그리하여 방학이 끝날 무렵이면 인터넷 사이트 최고 인기 검색어에 '독·후·감' 세 글자가 당당히 올랐다나 어쨌다나.

나이가 들면, 지금 알고 있는 걸 그때 알았으면 얼마나 좋았겠는가 하는 마음이 들 때가 잦다. 독후감도 그런 경우다. 독서 지도를 하는 교사의 처지에서 보면 독후감만큼 책을 자기 것으로 만드는 데 유효한 교육이 없다. '지금 알고 있는 것'이다. 하지만 학생에게는 그것이 단지 숙제로만 다가올 뿐이니, 먼 훗날 이것을 그때 알았으면 좋았을 터인데 하며 후회하리라. 물론 모든 교사가 독후감의 가치를 제대로 알고 숙제로 내준다고 단언할 수는 없다. 관행이라는 이유로, 평가하기 가장 쉬운 방법이어서 독후감을 활용하는 경우도 있다. 하지만, 독후감이 여전히 교육 현장에서 위력을 발휘하는 데는 그만한 효과가 있어서라고 보는 게 타당하다. 그것이 무엇이냐 하면, 방금 말한 나만의 어법에 기대어 표현하건대, 하드웨어를 소프트웨어로 만들어낸다.

하드웨어라는 개념은 투자라는 뜻과 연결되는 면이 있다. 이에 비해 소프트웨어는 소득이라는 뜻과 깊은 관련을 맺고 있다. 책을 사는 것은 투자하는 것이다. 투자자 처지에서 돈을 지불했다면, 그것 이상의 효과를 기대하는 것은 당연하다. 독서는 물론 일반적인 경제행위와 달리 즉각적인 투자 효과를 거둘 수는 없다. 그것은 무척 늦게 나타나기 십상이며, 의학으로 치자면 서양의학보다는 한의학에 가깝다. 대증(對症)요법적 효과는 기대하기 어렵더라도(이것은 참고서가 해결해줄 것이다) 병인(病因)요법적 치료는 가능하다는 이야기다. 책이 그 어떤 효과를 거두기 위해서는 두 가지 과정을 거쳐야 하는데, 그 첫 단계는 읽기이고 두 번째 단계는 그 책의 주제를 자기 것으로 만드는 과정이다. 이를 위해서는 책과 나누는 대화가 긴요하다. 이것은 비유하자면, 배추를 소금에 절여두는 것과 같은 이치다. 뻑뻑한 배추가 영양가 만점의 김치로 바뀌는 데 이바지한 일등공신은 소금이다. 책이라는 하드웨어를 소프트웨어로 바꾸는 연금술은 방금 말한 두 가지다.

책과 말하는 가장 좋은 방법은 직접 저자와 나누는 대화다. 읽은 이가 저자와 맞짱을 뜨는 일만큼 흥분되고 즐거운 일은 없다. 그러나 일반 독자가 저자를 만나는 것은 현실적으로 흔하지 않다. 두 번째는 대중매체를 통해 저자와 만날 수 있다. 텔레비전의 독서 토론 프로그램에 저자가 나오는 경우 이를 십분 활용할 수 있다. 이 방법은 즉각 활용할 수 있는 장점이 있지만, 일방적이라는 단점이 있다. 내가 묻고 싶은 것, 내가 주장하고 싶은 것이 반영되기 어렵다. 세 번째는 주위 사람과 같은 책을 읽고 토론하는 것이다. 이야말로 가장 권장할 만한 방법이다. 토론이라는 과정을 통해 나와 다른 해석과 가치관을 만난다는 것은 상당히 의미 있는 일이다. 그런데 이마저도 우리 환경에서는 쉽지 않다. 책 읽는 사람이 갈수록 줄어든다고 아우성인 데다, 짬을 내 같은 책을 읽고 토론하기란 여간 어려운 일이 아니다.

이런 상황에서 대안으로 내세울 만한 것이 바로 독후감 쓰기이다. 독후감은 일기가 그러하듯 자신과 저자의 내면적 만남이다. 책에서 지은이가 말하고자 한 바가 무엇인지를 정리하고, 그것을 어떤 형식으로 꾸며냈는지를 쓰면 된다. 그리고 그 주제에 관한 자신의 생각이 어떠한지, 다른 사람은 어떻게 생각할지를 적어가면 된다. 성인이 되어 쓴 독후감이라면, 누구에게 보여주려고 하는 것이 아닌 만큼, 그 형식은 자유롭다. 일기 형식이어도 좋고 편지 형식이어도 좋고 가상 대담 형식이어도 좋다. 중요한 것은 책에 대해 무언가를 쓴다는 사실이다. 여기서 유의할 사항은 독후감의 뜻을 깊이 생각해야 한다는 점이다. 독후감은 말 그대로 읽고 나서 느낀 소감을 적는 것이다. 책의 내용이나 얼개만 정리하는 게 아니라는 뜻이다. 그 책을 나의 삶이라는 문맥에 넣었을 때 어떤 감흥이나 문제의식이 떠올랐는지를 주제로 삼아야 한다. 좋은 독후감이 대체로 1인칭으로 쓰인 이유가 여기에 있다.

큰돈이 생겨 텔레비전을 홈시어터로 바꾸었다고 가정해보자. 그 홈시어터에는 분명히 제작사의 마크가 찍혀 있지만, 거실에 있는 홈시어터의 소유권은 소비자에게 있다. 홈시어터로 반드시 영화만 보아야 한다든지, 그 영화가 특정 장르여야만 한다는 제한은 없다. 책도 마찬가지다. 돈을 주고 사 왔든 도서관에서 빌려왔든 그 책의 주인은 읽는 이다. 책에 담겨 있는 내용이나 주제도 그 책의 주인이 자유롭게 해석하고, 그 의미를 새롭게 조명할 수 있다. 더욱이 지은이가 애초에 의도했던 바와 달리, 철저하게 자신의 관점에서 그 책에 반응할 수 있다. 주인이면 그렇게 할 수 있다. 이 과정이 어떤 '검열'도 거치지 않고 자유롭게 펼쳐지는 마당이 바로 독후감이다. 백 마디 말보다 이렇게 주장하는 사람이 쓴 독후감을 예로 드는 것이 나을 성싶다. 아랫 글은 박혜란의 『나이 듦에 대하여』(웅진닷컴, 2006)를 읽고 내가 쓴 글이다.

'불의 시대'였던 1980년대, 나는 20대였다. 그때 나는 새로운 세계를 꿈꾸게 하지 못하는 현실에 절망했다. 아니, 이 문장은 바로 잡아야 한다. 20대였던 우리 모두가 그러했다, 라고. 현실의 벽을 뛰어넘지 못한 나는 그 시절 내내 자살 충동에 시달렸다. 젊음이 죄라고 생각했고, 치욕스럽게 질식사하느니 스스로 내 영혼을 자유롭게 하고 싶다고 되뇌었다. 죽음에 대한 유혹이 강해지면서 나는 가끔 차라리 파파노인이 되길 소원하기도 했다. 내가 발 딛고 있는 현실에 아무런 책임 의식을 느끼지 않아도 되는 '치매'의 상태를 원했던 셈이다. 그만큼 나는 현실 앞에 비겁했다.

그 시절, 나는 스스로 목숨을 끊지도, 어느 날 갑자기 폭삭 늙어 버리지도 못했다. 어정쩡하게 살아남아, 치명적인 상처를 입은 채로 1980년대를 넘겼고, 1990년대에는 돛이 꺾인 난파선이 되어 표류했다. 그러다 새로운 세기를 맞이했고 어느새 불혹의 나이를 눈앞에 두었다. 세월의 담금질에 시달린 내 얼굴을 거울에 비춘다면, 아, 그 아름답던 청년의 모습은 흔적도 없이 사라지고, '살아남은 자의 슬픔'이 가득 담긴 초라한 몰골만이 남아 있으리라.

그래도 내가 지금껏 구차한 삶을 꾸려온 데는 이유가 있다. 세월을 약 삼아 견디다 보면, 마치 몸무게가 0킬로그램이 되는 것과 같은 일이 일어나리라 기대했기 때문이다. 부피는 있으나 무게가 없는 사람이라, 이 얼마나 황홀한 상상인가. 바람이 불면 몸이 가벼우니 하늘을 날 것이고, 비가 오면 부피는 있으니 젖어 물과 함께 흐를 터이다. 나이를 먹다 보면 일상의 덫을 날렵하게 건너뛰고 좀 더 넓고 깊게 세상을 바라볼 수 있으리라 믿었다. 나는 여전히 '진보사관'을 버리지 못했다.

하지만 현실은 정반대였다. 비록 비유였지만 몸무게가 0킬로그램이 되는 것은 가당치도 않은 일이었다. 나이 먹을수록 배만 나오더니, 급기야 저울이 가리키는 숫자가 90을 넘어서려는 순간의 아찔함이라니! 시간이 흐를수록 영혼은 젖은 외투처럼 무거워져 갔다. 그러기에 바람이 불어도 좀처럼 흔들리지 않았고, 비가 와도 도통 흐르지 않았다. 일상이라는 덫에 꼼짝없이 걸려들었다. 떨쳐버릴수록 더 깊이 조여오는 덫에서 벗어나는 방법은 없을까. 그래서 집어 든 책이 박혜란의 『나이듦에 대하여』이다.

아무리 사정이 급하더라도 이 책을 '종합 감기약'처럼 여겨서는 안 된다. 단박에 나이 듦의 의미를 꿰뚫어 볼 수 있는 혜안을 담고 있지는 않으니까 말이다(두 눈 비비고 아무리 찾아도 이 세상에 그런 책은 없다). 이 땅에 여자로 태어나 나이 든다는 것이 무엇인지 곱씹는 이 책에서 나는, 각별히 나이 들며 지은이가 깨달은 바라 내세운 것에서 감동을 받았다. 요약하자면, 느슨하게 살자는 것이니, 우리 인생이 꼭 무언가를 남겨야만 하는 건 아니라는 점이 그 첫째다. 지나고 나니 인생은 짧은 즐거움과 긴 괴로움의 연속이었다는 것이 두 번째 깨달음이었다. 마지막은 남에게 일어닐 수 있는 일은 바로 나에게도 일어날 가능성이 크다는 것이다. 불행은 모든 사람 앞에 평등하다. 나이 들어 이 정도만이라도 깨달을 수 있다면, 죽지 않고 살아남은 것에 깊이 감사할 수 있을 성싶은 생각이 들었다.

지은이가 이 글을 보았다면 불쾌할 수도 있다. 책 내용을 정확하게 요약한 것도 아니고, 주장의 옳고 그름을 가늠하지도 않았다. 그저 읽은 이의 푸념만 늘어놓았을 뿐이다. 하지만 독후감을 쓰는 사람에게 지은이는 하등 고려의 대상이 아니다. 늙어감이라는 주제에 외려 나는 20대를 떠올렸고, 나이 들어가면서 그때의 건강한 꿈이 훼손된 것에 대한 안타까움을 토로했다.

위의 글이 당연히 독후감의 표본일 수는 없지만, 이런 유의 독후감도 있다는 것으로 보아주기를 바란다. 지은이와 책은 사라지고 읽는 이의 감정과 느낌만 오롯이 남는 것, 내가 가장 좋아하는 독후감이다. 소설가 김연수의 다음과 같은 글은 나의 이런 입장을 지지하고 있는 듯하다.

어찌어찌하다 보니 지금은 잠시 고향 도서관 1층 로비에 앉아 있다. 작년에 새로 지은 이 도서관은 한때 시내에 식수를 공급하는 저수지가 있던 작은 동산 위에 자리해 있다. 모르긴 해도 일제시대 때 만든 저수지였을 것이다. 도서관 주위에는 키가 20미터도 넘을 만한 밤나무들이 여럿 서서 도서관 안에 있는 사람들을 굽어보는데, 아마 저수지를 조성할 때 그 밤나무를 심은 게 아닐까?

나는 고향의 이 도서관을 매우 좋아하는데, 그 까닭은 통유리로 시내를 굽어볼 수 있는 로비에서 글을 쓸 수 있다는 장점 외에도 그 밤나무들이 들려주는 바람 소리가 꽤 좋기 때문이다. 키 작은 나무들은 그런 소리를 내지 못한다. 그래서 그 소리에 귀를 기울이면 우리 머리보다 조금 더 높은 곳에는 지금 세차게 바람이 불고 있다는 사실을 깨닫게 된다. 그러니까 그 소리를 듣고 바람의 세기를 느끼는 일이 나는 참 마음에 드는 것이다.

나는 대단히 좋은 소설이란 밤나무들의 그 바람 소리처럼 이뤄진 소설이라고 생각한다. 그 바람 소리가 어떤지 아주 세세하고도 정확하게 기록해야만 하는 게 소설가가 할 일이라면 그걸 읽고 밤나무 잎사귀들의 움직임이나 바람 소리가 아니라 우리 머리보다 조금 더 높은 곳에서 일어나는 일들을 상상해야만 하는 게 독자들이 할 일이다. 그래서 나는 소설을 두고 그 기법이나 문체나 구조를 얘기하는 독자를 좀체 상상하지 못한다. 그건 문학 관련 종사자들이 해야만 하는 일이다. 좋은 독자라면 소설가가 어떻게 바람 소리를 생생하게 묘사했는지보다는 그 바람 소리를 통해 자신이 무엇을 상상할 수 있었는지 말할 수 있어야만 한다. 소설은, 가끔 이럴 경우에 삶처럼 위대해진다.(김연수, 〈꿈이 있기에 자존을 지킨 사람들의 이야기〉,《book & issue》5호, 한국출판인회의, 37쪽)

이쯤 해서 이야기를 끝마쳐도 되나, 그냥 말문을 닫자니 아쉽다. 아직도 독후감 쓰기의 가치와 요령을 이해하지 못한 이가 있을 듯싶어서다. 그만큼 학교 교육의 힘은 위대하다. 그 독소를 입 때껏 씻어내지 못했으니 말이다. 그래서 하나의 예를 더 들어보기로 한다. 책 많이 읽는 아나운서 황정민의 글을 보면, 별로 유명하지 않은 이권우나 꽤 유명한 소설가 김연수의 말이 무엇을 뜻하는지 알 수 있을 터이다. 스티븐 킹의 단편 「사다리의 마지막

단」을 읽고 쓴 글인데, 지면 사정상 줄여 실으니, 기회가 되면 글을 찾아 다 읽어보시길.

"오빠, 오빠!"

키티는 온 힘을 다해 썩은 사다리의 마지막 단을 붙잡고 버둥거렸습니다. 그대로 떨어지면 목뼈가 부러질 수 있는 상황에서 그는 죽을힘을 다해 건초 더미를 키티가 떨어질 지점으로 옮기기 시작했습니다. 어떻게든 동생이 입을 충격을 줄여야겠다는 생각뿐이었습니다.

"쿵!"

불행 중 다행으로 키티의 다리가 부러지는 정도로 사고는 마무리됐습니다. 무섭지 않았냐고 울먹이며 묻는 오빠에게 여동생은 태연하게 대답합니다.

"나는 오빠가 날 지켜줄 줄 알았어."

(……)

"와줄 수 있어, 오빠?"

여전히 갈 수 있는 형편이 아니었습니다. 이번에도 키티는 뛰어내렸습니다. 하지만 옛날처럼 사다리에서가 아니라 보험회사 건물 꼭대기였습니다. 오빠를 기다리다가 지친 모양입니다.

그녀도 저를 기다리고 있었습니다. 하지만 저는 처음 시작한 대학 생활과 새로 사귀기 시작한 친구들에 폭 빠져 그녀를 잊어버렸습니다. 아주 가끔 생각이 나면 전화나 할 뿐이었지요. 우리는 중학교 때 단짝 친구였습니다. 그 때를 생각하면 지금도 나도 모르게 미소 짓게 됩니다.

여학교에서 흔히 있을 수 있는 단짝 친구, 우리는 이름이 같았습니다. 누군가 뒤에서 "정민아" 하고 부르면 나란히 뒤를 돌아봤습니다. 그리고 되묻곤 했죠. "누구?" 웃으면 쏙 들어가는 보조개부터 짧게 자른 머리까지, 처음부터 정민이가 좋았습니다.

(......)

다행히 정민이가 어디에선가 뛰어내렸다는 얘기는 없습니다. 착하고 똑똑한 아이니 잘 살고 있을 겁니다. 어떤 남자와 결혼해서 멀리 외국에 나가 있다는 소문을 마지막으로, 지금은 서로 연락이 되지 않습니다. 뒤돌아보면 아 그 때는 내가 참 무심했구나 하는 생각이 듭니다. 시간이 없어서, 너무 바빠서만은 아니었을 겁니다. 마음이 모자랐던 거겠죠. 사람 사이의 관계라는 것도 나무 기르듯 물 주고 벌레 잡아줘가며 정성을 쏟았어야 했는데 품 들이지 않고 열매를 거두려고 욕심을 부렸습니다. 가장 고통스러웠을 시기에 깊이 공감해주지 못한 게 미안하고 아쉽습니다. 가까이 있을 때는 소중한 줄 모른다는 얘기는 어쩌자고 세월이 가도 이렇게 끈덕지게 '진리'인지 모르겠습니다.(황정민, 〈절망의 끝에서 기다리고 있었다〉, 《book & issue》 3호, 한국출판인회의, 134~136쪽)

한 편의 글을 읽다가 마치 벼락을 맞듯 자신의 삶과 관련된 일화가 번뜩 떠오르고, 그래서 하던 일을 멈추고 회상에 젖었던 일이 있었으리라. 그 회상은 대체로 반성으로 이어지게 되며 삶의 허무나 허망함에 문득 아연해지게 마련이다. 다른 것을 말하는 것이 아니다. 이 과정에서 일어났던 것을 진솔하게 적으면, 그게 바로 가장 좋은 독후감이란 말이다.

이제 우리는 통념을 바꾸어야 한다. 책은 신성한 그 무엇이 아니다. 그러니까 오락거리 책도 가치 있다고 말하려는 바가 아니다. 책을 누가 쓰고 무엇을 주제로 삼았건, 그것은 탐식가인 읽는 이가 그 내용과 형식이라는 살과 뼈를 샅샅이 발라내야 한다. 그리고 그것은 또 다른 무엇인가를 낳는 밑거름이 되어야 한다. 나는 책을 단 한 번도 경제적 가치로 재단한 적은 없다. 그러나 나는 늘 책을 통해 무엇인가 얻기를 갈구한다. 부가가치를 창출하고 싶어 하며, 하드웨어를 소프트웨어로 바꾸고 싶어 한다. 책이 이윤을 낳는 것은 내 것으로 만들었을 때다. 내 것으로 만드는 가장 손쉬운 방법은 지금껏 말해왔듯 독후감 쓰기다. 독후감 쓰기는 읽는 이를 책의 주인으로 만든다. 그리고 감히 말하건대, 책의 주인 된 자가 세상의 주인으로 당당히 나설 수 있는 법이다.

언제나 인터넷 검색어 순위에서 독후감이라는 글자가 빠질 수 있을까. 뒤늦게 깨닫고 후회하지 말고, 지금 그 가치를 제대로 알았으면 하는 바람인데, 바라노니 청소년 흉볼 생각 말고 어른부터 독후감을 써보길! 변화와 성장이라는 놀라운 경험을 몸소 체험하리라.

소비하는 독자에서
창조하는 독자로

나는 요사이 사회에 별 반향 없는 소리를
해대고 다닌다. 물론 쓸데없는 이야기는 아니다. 로봇과 인공지능
의 발전에 따라 사람의 일자리가 위협받는 시대에 우리는 무엇을
해야 하는가를 고민하다 내린 나름의 결론이다. 새로운 시대를
준비하는 방식은 다양하다. 제도적이고 구조적인 면에서 대응해
야 마땅하다. 하지만 그것은 내 영역이 아니다. 정치권이나 시민
단체가 대안을 제시하고 실천해야 할 일이다. 그렇다고 두 손 놓
을 수는 없었다. 내 깜냥에 걸맞게 공부하고 고민해보니 답이 보
였다. 상상력이 풍부하고 창의적인 개인으로 성장하는 것도 상당

히 중요한 대비책이었다. 그렇다면 어떻게 해야 그런 사람이 될 수 있을까? 바로 그 점을 공유하고 싶었다.

마침 공부를 주제로 문고본을 써달라는 청탁을 받은지라 그 내용을 『배우면 나와 세상을 이해하게 됩니다』(샘터, 2018)에 실었다. 책 냈다고 무슨 대단한 반응이 있으리라 기대하지 않았다. 나도 이 동네에서 잔뼈가 굵은 사람이다. 헛된 희망을 품고 책을 내지는 않았다. 내가 할 수 있는 게 있다면 최선을 다한다는 마음일 뿐이었다. 아무튼 나는 그 책에서 창조적이고 창의적인 사람으로 성장하려면 학(學)과 문(問)의 과정을 거쳐야 한다고 말했다. 학은 읽는 것이고, 문은 그것을 바탕으로 토론하고 논쟁하는 바를 뜻한다. 그러나 학문에서 그치면 안 된다. 학문은 창의성에 이르게 해주는 수단일 뿐이다. 창의적인 분야는 많고, 이 분야가 요구하는 공통된 능력은 글쓰기다. 결국 쓸 줄 아는 사람이 되어야 비로소 창의성이 높은 사람이라는 사실을 증명하게 되는 법이다.

전문가가 보면 새로울 게 없는 내용이다. 당연한 이야기다, 라는 말을 들어도 싸다. 다 아는 얘기를 주저리주저리 늘어놓아 무엇 하는지 모르겠다는 말을 들을 만도 하다. 그러나 오죽하면 그런 얘기를 또 했겠는가, 하는 심정은 알아주었으면 좋겠다. 읽지도 쓰지도 않는 시대이지 않은가. 더욱이 나는 그 책에서 늘 하던 말을 반복해서 한 것이 아니라 파격적인 발상의 전환을 요구했다. 전통적인 방법은 읽고 토론하고 쓰는 것이었다. 나는 순서를 바꾸자고 했다. 새로운 시대가 창의적인 인물을 요구하고 그것의 공통 사항이 글쓰기라면, 발상을 바꾸어, 쓰기 위해 읽자고 제안했다. 그동안 독서가 읽는 이를 단순히 의미의 수용자로 제한한 것에 비해, 이제는 의미의 창조자로 바꾸자고 제안했다.

이미 얘기했듯, 목놓아 외쳤지만 반향은 별로 없다. 그런다고 세상을 탓하지 않는다. 더 논리를 가다듬고, 더 많은 사례를 찾아내어 설득해나갈 계획이었다. 이런저런 일로 바쁜지라 생각만 해놓고 일은 미루어 오래 걸릴 줄 알았다. 본래 게으르기도 하니까. 그러다 옛날에 쓴 글을 보다가 아하, 하며 무릎을 치고 서둘러 꺼내본 책이 있다. 장 폴 사르트르의 자서전 『말』(정명환 옮김, 민음사, 2008)이 바로 그것. 이 양반이 쓴 소설이나 철학책은 왜 그리 어렵고 재미없는지 내가 읽고 이해하고 감명받은 것은 『말』과 『지식인을 위한 변명』밖에 없다. 그런데 왜 갑자기 『말』을 다시 들춰보았냐 하면, 그 책의 1부는 '읽기'이고, 2부는 '쓰기'라는 사실이 떠올랐기 때문이다. 누가 쓰는가? 바로 읽는 사람이다. 읽는 사람은 어찌 되는가. 쓰는 사람으로 성장하는 법이다. 자서전의 구성 자체가 이를 뒷받침한다. 아, 지난번에 책 쓸 적에는 왜 이 생각을 못했지 하며 다시 읽어보았다.

잘 알려져 있듯 사르트르의 외가는 그 유명한 슈바이처 박사 집안이다. 재미있는 사실은 슈바이체르라고 읽어야 맞는다는 점이다. 사정이 있다. 이 집안은 알자스 출신이다. 본디 게르만 색채가 강한 곳이었으나 17세기 말 프랑스에 편입되었다. 1871년 이후에는 영유권이 프랑스와 독일을 오갔다. 1945년 비로소 프랑스 땅이 되었다. 그러니까 프랑스식으로 읽어야 옳다는 풀이. 사르트르는 일찍 아버지를 여의었고, 외할아버지 가족과 살았다. 그래서 저 유명한 구절, "나는 알맞게 죽어준 아버지 때문에 자유를 얻었고, 줄곧 죽기를 기다리던 할아버지 때문에 소중한 존재가 되었다"가 나왔다(아무튼 『말』을 읽다 보면 이 양반은 후레자식임에 틀림없다는 생각을 여러 번 하게 된다). 할아버지는 알자스 출신답게 『독일어 교본』의 저자로 유명했다. 나중에는 독일인에게 프랑스어를 가르치기도 했다. 외할아버지는 왕성한 독서가였다. 당연히 그 서가가 사르트르에게 엄청난 영향을 끼친 바, "나는 책에 둘러싸여서 인생의 첫걸음을 내디뎠으며, 죽을 때도 필경 그렇게 죽게 되리라"고 말했다. 나중에 소설가와 사상가로 우뚝 선 사르트르를 생각하면 얼마든지 짐작할 수 있는 내용이다.

『말』을 읽어가다 보면 중요한 사실을 알게 된다. "나는 아직 글자를 몰랐지만 내 책을 가지고 싶다고 조를 정도로 겉멋이 들어 있었다"라는 구절이 나온다. 아직 국문도 떼지 못한 녀석이 외할아버지 서재에 들어가 해찰 부리며 책을 보았다는 뜻이다. 그러던 중 이미 내용을 다 외우고 있던 『집 없는 아이』를 집어 들고 글자를 보다가 마지막 책장을 넘긴 순간, 어린 사르트르는 깨달았다. 자신이 글을 읽을 수 있다는 것을! 이제 서재는 그에게 성소였다. 마침내 이런 말을 하게 되었을 정도로. "할아버지의 서재를 마음대로 배회할 수 있게 된 나는 인류의 지혜와 씨름하기 시작했다. 그것이 나의 오늘날을 만들어놓은 것이다."

뭇 개체는 반드시 종의 진화 과정을 반복하게 마련이다. 사르트르 역시 글 쓰는 사람이 밟은 전형적인 진화 과정을 따른다. 2부 '쓰기'로 넘어가기 전에 이미 그는 쓰는 사람이 되었다. 처음에는 『푸른 새』나 『장화 신은 고양이』를 되풀이하는 이야기를 썼다. 그러다가 그 이야기를 손질했다. 등장인물에 슬쩍 자신을 넣기도 했다. 되풀이하다 짜깁기하다 새로운 이야기를 늘어놓은 법이다. 주로 쓰는 이야기의 주제는 위험과 극복이었다. 위험을 물리치는 사람은 당연히 자신이었다. "이 자리에 꼭 필요한 사람이 있다. 그건 바로 사르트르다"라고 외치고 싶었던 셈이다.

2부 '쓰기'는 그야말로 쓰기에 대한 회상이다. 읽는 애벌레가 쓰는 나비로 변태(變態)했다. "나는 글쓰기를 통해서 다시 태어났다"고 선언하면서 "나는 오로지 글쓰기를 위해서만 존재했으며, '나'라는 말은 '글을 쓰는 나'를 의미할 따름이었다"라고 했다. 외할아버지는 의외의 반응이었다. 떡잎부터 달랐던 외손자에게 남다른 성과를 기대했다. 학대받는 알자스 출신이 고등사범학교에도 들어가고, 교수 자격시험에 우수한 성적으로 합격해 문학 교수가 되길 바랐다. 고향과 가문의 영광이 되길 원했다. 두 사람의 바람이 달랐으니 이런 배신이 어디 있나, 고작 글쟁이라니? 굳이 배고픈 삶을 살겠다고 하니 당황스러울 수밖에 없었을 터. 그래서 외손자에게 협상안을 내놓는다. 글을 쓰되 다른 직업도 가지라는 것. 그러니까 "교수 노릇과 문인의 일"을 병행하라는 말이었다.

글쓰기의 과정이 녹록하지만은 않았다. "사실 내게는 글재주가 없다. 여러 사람이 그런 사실을 말해주었고 나를 다만 공부벌레 취급했다." 그럼에도 그는 썼다. 포기하기도 여러 번이었다. 한번은 독일 황제가 결투에 지고 휴전 명령을 내리는 이야기를 썼다. 이야기와 현실은 다르게 마련이다. 언론에서 전쟁이 본격적인 단계에 돌입했고 장기간 지속될 거라는 전망을 내놓았다. 자신이 쓴 글을 읽으면서 부끄러웠다. 사기꾼 같다는 생각도 들었다. 급기야 소설 공책을 바닷가 모래밭에 묻어버렸다. 그러자 이상한 일이 벌어졌다. 오히려 자신감이 생겨났고 "문학이 내 천직인 것은 틀림없었다"는 확신마저 들었다. 이게 다, 놀라지 마시라, 그이가 열 살 무렵의 일이다.

어린 시절, 책을 읽다가 글을 쓰게 된 사르트르는 마침내 1936년에 『상상력』과 『자아의 초월』을 펴내면서 철학자로서 존재감을 드러냈고, 1938년에는 출세작인 장편소설『구토』를 발간했다. 외할아버지의 소망은 얼추 들어맞았다. 고등사범학교에 들어갔고, 교사 자격시험에 수석 합격했고 문인이 되었다. 아쉽게도 교수 시험을 보지 못했고 문학 교수가 되지는 않았다. 하지만, 사르트르는 제2차 세계대전 이후 세계에서 가장 영향력 있는 철학자이자 문인으로, 한 시대를 대표했다. 그의 명성은 헛되지 않았다. 사회의 구조적 악과 싸우면서 얻은 것이니 말이다.『말』에서 그는 글쓰기 인생을 "오랫동안 나는 펜을 검으로 여겨왔다. 그러나 지금 나는 우리들의 무력함을 알고 있다. 그런들 어떠하랴. 나는 책을 쓰고 또 앞으로도 쓸 것이다. 쓸 필요가 있다. 그래도 무슨 소용이 될 터이니까 말이다"라고 정리했다.

사르트르는 우리에게 증언해준다. 책이라는 성소에 들어설 때, 그리고 거기에서 책읽기라는 미사를 집전할 때 비로소 우리는 글쓰기라는 사제가 된다는 법을 말이다. 그렇다면, 이 말을 거꾸로 해보자. 나만의 트라우마를 극복하고, 시대의 아픔을 치유하고, 새로운 지적 사유의 결과물을 세상에 널리 알리는 글쓰기의 사제가 되려면, 이제 책읽기라는 성소에 들어가야 한다고. 쓰려고 읽어야 한다는 말을 나는 다시 하고 있는 셈이다.

『말』을 다시 읽고 나서 욕심이 생겼다. 훗날 내가 자서전을 쓴다면, 그 제목을『말』이라 해야겠다. 그 책의 구성은, 사르트르의

『말』과는 다르다. 나는 1부는 '쓰기', 2부는 '읽기'로 할 테다. 물론, 남들이 인정할 만한 글쟁이가 되어야 그런 책을 쓸 수 있을 텐데, 사르트르를 흉내 낸 자서전을 쓰겠다고 나대는 것이 우물에서 숭늉 찾는 격이라는 것은 잘 안다. 그래도 나는 사르트르가 주님에게 자기 같은 하찮은 사람이 과연 책을 써낼 수 있느냐고 하소연했을 때 "정진을 거듭하면 된다"는 응답을 들었다는 말에 희망을 건다. 다른 것은 몰라도 정말 끝까지 정진할 테니까.

누가
창조자가 되는가

모국어로 말을 하고 책을 읽는 사람이라면 글쓰기가 어려울 리 없다. 읽고 말하고 쓰는 게 뭐가 어렵겠는가. 그러니, 전문가가 쉽다고, 별거 아니라고, 도전해보라고 자꾸 권하는 거다. 그럼에도 현실에서는 글쓰기를 무척 어려워하는 사람을 자주 본다. 아무리 이상적인 이야기를 하더라도 쓰기가 어렵다고 푸념하는데 어찌하겠는가. 그런데, 정말 쓰기는 쉬운 거다. 내 생각을 다른 사람한테 정확하게 전달하는 게 왜 어렵다는 건가? 그러니, 이유를 알겠다. 글을 쓸 생각을 아니하고 글을 잘 쓰겠다고 하니 어려운 법이다.

원칙적으로 잘 쓰겠다는 게 잘못일 리 없다. 하지만 글을 아직 쓰지도 않은 상황에서, 또는 이제 겨우 글을 쓰기 시작했으면서 왜 잘 안 써질까 생각하는 것은 과욕이다. 꼭 맞는 말은 아니겠지만, 잘 쓰겠다는 말에는 남한테 칭찬받고 우쭐대고 싶다는 마음이 담겨 있다. 결국 글은 자신을 드러내니, 잘난 척하는 면이 있게 마련이다. 문제는 이 마음이 맨 앞자리에 있다는 점이다. 쓰다 보니, 이런 저런 말을 듣고, 이를 바탕으로 글 쓰는 요령을 바꾸다 보니 어느 순간 남이 칭찬하는 글을 쓰게 되는 법이다. 그런데 무작정 잘 쓴 글을 쓰고 싶다니, 글쓰기가 얼마나 어렵겠는가.

또 하나는 읽지도 않으면서 무턱대고 쓰겠다고 덤비는 모양새다. 내가 지난 시절 얼마나 똑똑했는데, 그까짓 글 한 편 못 쓰겠냐고 덤벼들었다가 낭패를 당하고는 글쓰기는 어렵다고 지레 겁먹는다. 하물며 하늘을 날 수 있는 유전자를 품고 태어난 새도 어미의 혹독한 훈련을 거쳐야 비로소 날 수 있는 법이다. 얼마 되지도 않는 상식으로 글을 쓰겠다고 덤비는 행태는 말도 되지 않는다. 모든 작가는 오랫동안 책을 읽으며 특정 작가를 흠모한 과정을 거치게 마련이다. 한 때는 다 독자였고 마침내 지은이가 되었다. 인풋 없이 아웃풋 없다. 글쓰기의 불문율이다.

많이 읽고 글도 쓰려 애썼지만 왜 못 쓰냐고 항변한다. 억울할 터이다. 강의도 듣고 책도 읽은지라 이를 바탕으로 쓰려고 했지만, 써지지 않는다. 다 이유가 있다. 글을 쓰려면 생각이 정리되어야 한다. 그런데 나이 먹으면 먹을수록 잡다한 생각이 많아지기 마련이다. 더욱이 관련 주제에 관해 아는 것도 수두룩하다. 그러다 보니 글을 쓰려는데 생각의 줄가리가 잡히지 않는다. 이것도 중요한 것 같고 저것은 더 가치 있어 보인다. 한 글에 마구 욱여넣으려 하니 글이 되지 않는다. 해결책이 있다. 여럿이 모여 하나의 주제를 놓고 이야기를 나누거나 토론을 해보는 거다. 그러다 보면 생각의 줄가리가 잡히게 마련이다. 말을 할 때에는 잘 모르겠지만, 글을 쓰려고 준비하다 보면 도움이 된다는 사실을 알게 된다.

지금껏 이야기한 것을 종합해서 글을 쓰려면 어떻게 해야 할까? 한 권의 책을 같이 읽고 대화를 나누거나 토론하고, 이를 바탕으로 글을 써보면 된다. 읽고 말하고 쓰면, 쓰게 된다. 왜 못 쓰냐고? 책을 읽지 않아서이고, 읽더라도 혼자 읽기만 해서이고, 토론에서 말 한마디 하지 않아서이고, 앞엣것을 다 했는데도 부지런히 쓰지 않아서다. 거꾸로, 부족하지만 늘 도전하는 마음으로 하나씩 충실하게, 그리고 모든 단계를 거쳤다면 글을 못 쓸 리 없다.

경험해본 이들은 금세 동의하겠지만 쓰려고 읽는 것과 그냥 읽기만 하는 것은 다르다. 그냥 읽는다면 시간 메우기로 읽을 수도 있고 얼마든지 집중하지 않고 읽어도 된다. 하지만 한발 더 나아가 쓰겠다고 읽으면 문제는 달라진다. 책의 내용이 무엇인지, 그것을 어떻게 구성했는지, 무엇이 문제인지, 내가 깨달은 바는 무엇인지 등을 깊이 고민하며 읽을 수밖에 없다. 밑줄을 긋거나 메모를 남기는 것은 당연하다. 책을 읽고 쓰는 거니 독후감이나 서평이 되겠다. 나는 독후감부터 써보라고 권한다. 이유는 책읽기의 본령을 경험할 수 있어서다. 그 책을 읽고 내가 더 아는 것이 중요한가, 아니면 그 책 덕에 소환된 내 삶을 성찰한 결과가 더 중요할까? 한낱 독후감도 제대로 쓰려면 내가 살아온 삶이 온전히 투영되어야 한다. 쓰리고 아프고 부끄러운 기억인지라 오랫동안 은폐해놓았는데, 책이 그걸 잔인하게 후벼 파놓았다. 이 점을 숨기지 않고, 책 내용과 나의 삶을 병치하며 느끼고 반성하고 깨달은 바를 적는다는 것은 큰 의미가 있다. 말하자면 치유로서 읽기와 쓰기가 가능해지고, 이것이 다시 책을 읽게 하는 힘이 된다.

모든 책을 독후감 형식으로 쓸 수는 없다. 당연히 서평도 병행해 쓰면 된다. 그런데 하나 제안하고 싶은 게 있다. 독후감도, 서평도 쓰기에 애매한 상황이 되면, 책 내용을 요약하거나 인상 깊은 구절을 바탕으로 해서 한 편의 에세이를 써보는 것이다. 책을 너무 귀하게 여기면 안 된다. 책은 나와 세계를 되돌아보고 깊이 들여다보고 그리고 나만의 사유를 이끄는 수단에 불과하다. 꼭 책 내용에 부합하는 글을 쓰겠다는 부담에서 벗어나 책이 불러일으킨 자유로운 사유를 마음껏 써보겠다고 마음먹어보라는 뜻이다.

읽고 말하고 쓰다 보면 글 쓰는 일이 어렵지 않다는 느낌이 든다. 그만큼 성장했다는 뜻이다. 그러면 다음 단계를 욕심낼 법하다. 글쓰기에서 한 발 더 나아가 글 잘 쓰기로 말이다. 글을 잘 쓰는 비법은 무엇일까? 혼자 힘으로는 안 된다. 역시 함께 하기의 힘을 빌려야 한다. 내가 쓴 글을 두고 누군가 도움말을 주고, 이를 한 귀로 흘리지 말고 참고해 다시 써보는 과정을 거치다 보면, 점차 더 잘 쓰게 된다. 그리고 잘 쓴 글에는 반드시 수사학 능력이 담겨 있으니, 글을 잘 쓰고 싶다면 시나 소설을 읽으며 좋은 수사를 흉내 내보는 것도 좋은 방법이다. 뜻을 같이하는 사람 다섯 명 정도만 서로의 글을 읽고 좋은 점과 나쁜 점을 말해주면 된다. 물론 감정을 상하게 하는 말은 절대 해선 안 된다. 그러면 동아리 자체가 깨진다.

글을 쓰고 싶으면 당장 무엇부터 해야 할까? 그렇다. 독서 동아리에 참여해 책을 읽어야 한다. 그리고 여기서 읽은 책을 놓고 이야기하거나 토론해보아야 한다. 이 일련의 과정에서 얻은 생각을 한 편의 글로 써보아야 한다. 여기서 또 하나 제안을 한다. 이제 독서 동아리를 쓰기 동아리라 바꾸어보자. 왜 읽는 동아리여야 하는가, 쓰는 동아리라 하자. 읽는 것은 의미의 소비다. 그러나 쓰는 것은 의미의 생산자다. 소비자 동아리가 아니라 생산자

동아리라 해야 마땅하다. 동아리 이름부터 바꾸면, 목적이 확실해진다. 읽었으니까 쓰는 게 아니라, 쓰려고 읽는 게 된다. 이런 문제의식을 담아 내가 쓴 칼럼이 있어 인용하니, 참고하시길!

　올해가 25년 만에 다시 정한 '책의 해'란다. 이러면 시끌벅적해야 하는 법인데, 너무 조용하다. 책을 생산하는 사람들끼리는 이것저것 하는 모양이지만 시민의 반응이 영 시원찮다. 그래도 책 읽는 사회 세워보자는 사람들이 여기저기서 일을 저지른다. 얼마 전에는 청주에서 작은 도서관을 운영하는 분들 중심으로 세미나가 있었다. 본디 진지한 얘기는 별로 좋아하지 않는지라 이런 자리에는 잘 참석하지 않는데, 한 소리 하라 해서 흰소리 안하면 된다는 마음으로 이런저런 얘기를 했다. 일반인이 들으면 현실성 없다는 통박을 당할 소리지만, 전문가에게는 고민거리를 준 발표였다는 인사치레를 들었다. 본전은 건진 셈이다.
　나는 그 자리에서 간단한 통계자료를 내밀었다. 2017년도에 국민 독서 실태 조사를 했더니, 일반 도서를 한 권이라도 읽은 성인 비율이 고작 59.9퍼센트였단다. 이를 달리 말하면, 성인 열 명 가운데 네 명은 1년 동안 책을 한 권도 읽지 않았다는 얘기다. 1994년 조사를 시작한 이래 역대 최저치란다. 나는 이 기사를 보고 호들갑을 떨어야 한다고 말했다. 큰일 났다고 난리 쳐야 한다는 뜻이다. 이 나라 사람들은 정말, 하루라도 책을 읽으면 입 안에 가시가 돋치는 모양이다. 이유야 여럿 꼽을 수 있다. 인터넷 환경에 기반을 둔 매체의 장악력, 여전한 입시 위주의 교육, 치열한 경쟁 사회에서 살아남으려는 생존 전략, 저녁이 없는 삶. 원인 분석은 명확하지만 해결책은 난감하다. 그래서 대뜸 말했다. 인정하자고, 그동안 펼쳐온 모든 독서 운동은 실패했다고. 오랫동안 공들이고 열정적으로 해온 것이 결국에는 뜻을 이루지 못했다고. 이렇게 말한 데는 이유가 있다. 바닥을 치면 홀가분해지는 법이다. 다 버리고 새로 시작할 수 있으니 말이다. 그런 때가 비로소 왔다고 강변했다.

그럼, 누가 읽는가 하는 질문을 던졌다. 그리고는 요즈음 텔레비전에도 나오는 대도서관이란 양반 이야기를 했다. 자기가 하는 게임을 유튜브로 중계해 시쳇말로 대박이 났다. 이 양반이 말하길 제작자로 변신하는 과정에서 가장 필요한 것이 정보와 지식이었단다. 그래서 도서관에 가서 책을 엄청나게 읽었다고 하면서, 독서의 효과를 본인은 톡톡히 보았다고 한다. 자신의 집에 책이 굉장히 많다는 자랑도 빠트리지 않았다.

오호, 여기 읽는 사람이 있다. 그런데 제대로 보라, 그들이 누구인지. 읽으라고 억지로 끌어온 무리가 아니라, 그것이 무엇이든 창조하는 무리가 스스로 알아서 읽게 된다. 이는 상당히 중요한 문제다. 그동안 우리는 읽기의 중요성과 가치를 들어 읽으라고 했다. 안 되면 이런저런 당의정을 발라 유혹하거나 점수를 주어서라도 읽게 하려고 했다. 그때는 효과가 있었을지 모른다. 문제는 오래가지 않는다는 점이다. 그러니 이쯤에서 발상의 전환이 필요하다. 읽기 위해 읽게 하려 하지 말고, 창조하게 하려 읽게 하자는 말이다. 그것이 무엇이든 창조 또는 창작의 영역에 발 디디는 자는 읽게 마련이다. 뭇 작가의 공통된 진화 과정을 생각해보라. 그들은 읽는 자였고, 성장하여 쓰는 자가 되었기에 여전히 읽는다. 그렇다면 우리는 읽지 않는 이를 읽는 이로 이끌기 위해 이들이 창조자가 되도록 도와야 한다.

발표하면서 너무 에돌아서 미안하다 했다. 대안은 단순한데, 말이 많았잖은가. 읽으려고 읽지 말고 쓰려고 읽자, 로 관점을 바꾸면 된다. 의미의 소비자로 제한하려 하지 말고, 의미의 창조자로 전환하게 하자는 뜻이다. 읽지도 않는데 쓰자고 덤비면 다 도망가리라며 망상이라 평할지도 모르겠다. 하지만 나는, 쓰는 사람만이 읽는 사람이 된다는 믿음을 버릴 생각이 없다. 책의 해라 무슨 책 읽느냐고 묻는 운동을 하는 모양이다. 아니올시다. 이제 물음을 바꾸어보자. 어떤 글을 쓰냐고 물어보자. 그때 비로소 책 읽는 사회를 재건할 실마리가 보일 터이다.

이제, 불편한 책을 읽자

어느 시민모임에서 팬데믹 시대의 독서를 주제로 강연해달라고 한 적이 있었다. 주제가 광범위한데다 어떤 면에서는 뻔한 내용을 다룰 수밖에 없어 여러 날 고민을 했더랬다. 그러다 정한 주제가 '이제, 불편한 책을 읽자'였다. 이 내용을 주제로 삼기로 한 데는 사연이 있다. 한동안 어느 교사 모임에서 글쓰기를 지도한 적이 있다. 책을 읽고 이야기를 나눈 다음, 자유롭게 글을 쓰고 도움말을 주는 방식이었다. 교사의 장점은 성실하다는 점이다. 잘 읽어오고 부지런히 썼다. 기실 그러면 실력은 늘어나는 법이다. 처음에는 난삽한 글을 쓰던 분이 제대로 써내는 걸 보며 흐뭇했더랬다.

어느 날엔가 주제 사라마구의 『눈먼 자들의 도시』를 함께 읽어 보기로 했다. 모여서 이야기를 나누고 그날 모임이 끝날 무렵 한 교사가 정색하고 항의했다. 왜 이런 소설을 우리에게 읽으라고 했는지 이해할 수 없다고. 당황했다. 작품의 명성은 이미 널리 알려져 있다. 더욱이 노벨 문학상 수상자라는 후광도 있다. 그런데도 왜 그분은 불쾌했을까? 혹시 그 교사가 교양 수준이나 정치의식이 평균적인 기대에 못 미쳤을 거라 짐작하면 안 된다. 그 지역에서 꽤나 교사 활동을 열심히 하고 글도 제법 잘 썼다. 말 그대로 작품 내용이 불편했던 셈이다.

　당연히 불편한 내용이다. 갑자기 눈이 머는 감염병이 퍼지고, 이런 상황에서 벌어지는 극단적인 인간군상의 행태가 충격적으로 묘사되어 있으니 말이다. 하지만, 그 교사는 팬데믹 시대를 맞이해 이 작품이 여러 군데에서 추천되었을 적에 만감이 교차했을 터다. 나름대로 거칠게 항의하며 읽어야 할 이유를 모르겠다고 했는데, 세상이 바뀌어 서로 읽어보자고 권하고 있으니까. 다시 본래 이야기로 돌아가 보자. 내가 그때 느낀 바는, 이 정도의 교양과 정치의식이 있더라도 읽는 책의 범위가 굉장히 좁았구나 하는 점이었다. 책읽기의 목적이 시간 메우기나 현실에서 받은 상처를 위안받는 데 그쳤을 공산이 크다는 뜻이다.

　우리가 팬데믹을 맞이한 이유는 무엇인가? 그동안 뜻있는 이들이 지구환경의 파괴가 몰고 올 재앙을 꾸준히 경고해왔다. 그 한 가지가 야생동물과 인간의 접촉을 막은 점이지대로서 자연이 파괴되면 감염병이 돌 거라는 예측이었다. 그런데도 인류는 무한한 성장 이데올로기에 사로잡혀 끝없이 자연을 파괴했다. 아직 확실하지는 않지만, 코로나19가 박쥐를 매개로 했다면 그 경고는 정확히 들어맞는다. 이번 팬데믹은 경고 수준에 불과하다. 탄소중립에 이르지 않으면 지구 평균온도가 올라 뭇 생명의 거주지는 어마무시한 위기에 이르게 된다. 이 내용을 다룬 책은 이미 많이 나왔다. 그러나 이런 책을 읽고 근대적 문명관에서 생태적 사유로 전환하자는 움직임은 미미하다.

왜 이런 유의 책을 읽지 않았을까? 불편해서다. 지금 이곳을 지탱하는 기본적인 구조를 근본적으로 바꾸자는 말은 우리를 당연히 불편하게 한다. 가능하면 기존체제를 유지하면서 개량해 나가길 바란다. 그래서 버젓이 눈앞에 경고장이 날아왔는데도 눈을 질끈 감는다. 어쩌면 그런 경계경보가 시끄럽다고 여겨 책이라는 동굴로 들어와 위안과 격려, 그리고 희망을 얻었는지도 모르겠다.

우리가 오랫동안 책을 읽어왔는데도 왜 세상은 나아지지 않았을까? 그날 한 말로 대답한다면, 불편한 책을 읽지 않아서다. 기존의 것을 뒤집고 무너뜨리고 부숴버려야 한다거나, 새로운 감수성으로 익숙한 그 무엇의 실상을 까발리는 책을 멀리해왔다. 그러니 이제 새로운 가치를 말하는 불편한 책을 읽어나가야 한다. 더욱이 이런 책은 혼자 읽기 얼마나 버거운가. 함께 읽고 함께 고통스러워하며 서로 격려하면서 모두가 걸어갈 새로운 길을 열어젖혀야 한다. 한번 되돌아보자. 나의 책읽기는 교양의 부르주아가 되는 걸로 만족하지는 않았는지. 다시 우리의 마음을 되잡자. 불편하고 힘들고 괴롭고 어렵더라도 새로운 세상을 펼치자는 책을 읽어보자고. 내가 살려면 남을 죽여야 하는 이 '오징어게임'의 시대를 다음 세대에게 물려줄 수는 없잖은가!

책읽기의 달인

호모 부커스

초판 1쇄 발행 2008년 8월 25일
개정판 2쇄 발행 2023년 12월 1일

지은이 · 이권우

펴낸이 · 최현선
편   집 · 김현경
마케팅 · 김하늘
디자인 · 霖design 김희림

펴낸곳 · 오도스 | 출판등록 · 2019년 7월 5일 (제2019-000015호)
주   소 · 경기도 시흥시 배곧4로 32-28, 206호(그랜드프라자)
전   화 · 070-7818-4108 | 팩스 · 031-624-3108
이메일 · odospub@daum.net

Copyright ⓒ 2022, 이권우
저작권자와의 협의에 따라 인지는 생략했습니다.
이 책은 지은이와 오도스의 독점 계약에 의해 출간되었으므로 무단 전재와 무단 복제를 금합니다.

- 책값은 뒤표지에 있습니다.
- 파본은 구입하신 서점에서 교환해드립니다.

ISBN 979-11-91552-10-2 (03800)

odos 마음을 살리는 책의 길, 오도스